참의 흠흠

안의 흠흠

배우 안과
그녀가 만난 사람들 이야기

안춈 지음 │ 김혜숙 옮김

글항아리

일러두기
본문에서 옮긴이가 덧붙인 설명은 첨자로 처리했다.

지금까지 만난 모든 분께,
지금부터 만날 모든 분께

차례

소중한 추억

완두콩 선생님 _011

남동생 해리 _018

바람의 빛 _025

할아버지는 경찰관 _033

다케짱만 씨와의 대화 _040

도예와 사냥 여행 _047

호타카 성인식 _061

일로 만난 사람들

첫 뉴욕 _079

C'est Paris _085

화낼 줄 아는 아저씨 _091

열혈 골프 레슨 _099

데쓰코 선생님 _105

사카이 교수는 대단해 _113

「오페라의 유령」 상 _120

「오페라의 유령」 하 _129

마마친구 지옥에 온 걸 환영해 _136

친애하는 베라님 _143

확대되는 만남

투수 탁탁 씨 _153

편지 인연 _163

인형극과 포럼 _171

노부도모 치과의사 선생님 _178

크메르 직물 '전통의 숲' _185

'오황의 인' 님 _192

피렌체 미로 여행 _200

만나지 못한 만남 _209

부록 시바견 야마토 _215

후기 _223

후일담 베라의 수업 _225

문고판 후기 _234

이 책에 등장하는 인물들 _236

이 책에 나오는 책들 _238

흠흠 느낌 | 무라카미 하루키 _241

소중한 추억

———

완두콩 선생님

완두콩
선생님

내가 다니던 초등학교는 반 이름이 숫자가 아닌 매실, 복숭아,
벚꽃 등 식물 이름이었다.

오랜만에 개축한 교정을 찾아가보니, 지금은 살구살구는 일본어로
'안즈'라고 읽으며, 저자의 이름과 같다반도 생겼다고 한다(학교 다닐 땐 살
구반이 있다면 꼭 한번 그 반이 돼보고 싶었다).

초등학교는 2년마다, 중학교는 매년 새로 반 편성을 했다. 학
창 시절 반 편성이란 그야말로 '세계 바꾸기'라고 해도 좋을 만
큼 중요한 사건이었다.

반 편성 날 학교에 가서 반이 적힌 종이를 보는 순간이란!

어느 해인가 반 편성이 있던 날 아침, 나름 설레는 마음으로

등교를 하니 친구가 나를 보고 허겁지겁 달려왔다. 가방도 없이 실내화를 신고 있는 걸 보니 이미 교실에 다녀온 모양이었다.

"안!!! 우리 같은 반이당!"

와, 기쁜 소식을 바람처럼 달려와 알려주다니, 역시 절친!

친구는 태연하게 날 게시판 앞으로 데리고 갔다.

나는 무슨 반이지? ……아, 있다.

그런데 정작 있어야 할, 초스피드로 달려와 소식을 전해준 친구의 이름은…… 없다.

옆을 보니 명랑한 친구는 아니나 다를까, 팔짝팔짝 뛰며 말했다.

"거짓말이지~롱!!"

아, 이런, 굳이 이렇게까지 장난을 치다니, 윽.

"아쉽지만 뭐! 그래도 우리 우정은 변하지 않으니까!"

친구의 말에 기쁘기도 했지만, 한편으론 역시 친한 친구와 떨어지는 게 섭섭했다.

그렇지만 반이 바뀌어도 바뀌지 않는 게 있는 법이고, 새로운 반에서도 또 다른 즐거운 관계를 만들 수 있으니, 이것도 잠깐의 쓸데없는 걱정에 지나지 않는다.

그럼에도 반이 바뀔 때마다 세계가 뒤바뀌는 듯한 기분이 든다.

학교에서의 세계란 그 정도로 좁은 것이다.

이런 하나의 세계, 즉 한 반을 장악하는 존재는 역시 담임선생님이다.

내 학창 시절에서 가장 기억에 남는 선생님은 초등학교 1학년부터 4학년까지 계속 담임을 맡았던 완두콩 선생님이다. 작지만 잘 웃는 유쾌한 아주머니 선생님!

내가 다니던 학교에서는 365일 일기를 써서 담임선생님께 제출해야 했는데, 완두콩 선생님은 매일매일 거기에 코멘트를 달아주셨다. 코멘트 끝에는 항상 꼬투리 속에 콩알이 세 개 들어 있는 완두콩 그림이 그려져 있었다.

재미있는 내용을 썼거나 착한 일을 한 날의 일기에는 칭찬의 의미로 그림 속 콩 한 알 한 알에 얼굴이 그려져 있었고, 꼬투리에는 리본이 묶여 있었다.

단지 그것뿐이었지만 가슴이 벅차오르고 따뜻해지는 특별한 기쁨을 맛보곤 했다.

방과 후가 되면 당번 모둠이 교실 청소를 했다.

"다른 반 선생님은 청소를 잘하면 상으로 사탕을 주신다던데, 선생님도 주세요!" 하고 학생들이 조르면,

"청소라는 건 특별한 일이 아니야. 당연히 해야 할 일을 하는 건데 특별히 사탕을 줄 필요는 없지" 하셨다.

음, 그런가? 나는 순순히 받아들였다.

일주일에 한 번씩 한자 시험을 치렀다. 그때마다 선생님은 이렇게 말씀하셨다.

"우리 반 전원이 만점을 받으면, 선생님이 우리 반 모두에게

디즈니랜드 쏜다! 다섯 번 연속으로 만점을 받으면 모두 해외여행이다!"

오오! 교실이 들썩이며 모두의 눈빛이 이글이글 불타기 시작했다. 지금 생각해보면 고작 열 문제이긴 해도 전원이 만점을 받을 확률은 거의 제로에 가깝다. 그렇다고 완두콩 선생님이 거짓말을 한 건 아니다.

자세한 것까지는 생각나지 않지만 몇 번 연속이면 어떻게 해준다는 제안은 좀더 세분화돼 있었고 '백 번 연속이면 우주여행' 이야기까지 있었던 것 같다. 우리는 백 번까지는 못할 거라고 생각하면서도, 디즈니랜드 정도는 어쩌면 실현될지도 모른다고 진심으로 믿었다.

"정말 전원이 만점을 받으면 어쩌지?!"

반 아이들은 서로 웃으며 채점을 기다리곤 했다.

그 꿈은 번번이 깨졌지만, 다음번에도 힘내자! 생각했다.

참고로 우리 집에서는 두 번 연속 만점이면 책 한 권을 사주는, 비교적 실현될 가능성이 높은 약속이 있었기에 초등학교 때는 한자 시험에 한층 더 열을 올렸던 것 같다.

그러고 보니, 완두콩 선생님만의 독특한 칭찬법인 '라벨'이라는 것도 있었다. 주로 비디오테이프 등에 붙이는 지극히 사무적인 3×5센티미터 크기의 밋밋한 스티커에 칭찬 항목이 적혀 있었다.

반에서 성적이 상위권이라든가, 좋은 점수를 받았다든가 하는 수량화된 칭찬이 아닌, '정리를 제일 잘한 상'이라든가 '걸레를 제일 잘 짜는 상' 등 이상하게 자존심을 부추기는 기묘한 상이었다.

완두콩 선생님이 자필로 쓴 것일 뿐 다른 물질적 가치는 전혀 없었지만, 지금 돌이켜보면 아이들에게 물질적 가치라는 게 그다지 필요하지 않았을지도 모르겠다.

가치라는 것은 그 자체가 생겨나게 된 경위와 그에 대한 사람들의 인식에 의해 얼마든지 바뀔 수 있는 것이다.

물질적 가치를 좇는 현대사회(특히 도시)에서 이런 것들을 어린이들에게 제대로 가르쳐주기란 참 어려운 일이다.

물론 야단을 맞은 적도 엄청나게 많았지만, 중요한 지침을 넘치는 유머로 가르쳐주신 완두콩 선생님의 힘은, 시간이 지나면 지날수록 그 대단함을 느끼게 된다.

스물몇 살 때던가, 가족들이 "생일선물로 뭘 받고 싶니?"라고 물었을 때, 나는 망설임 없이 '만년필'이라고 대답했다.

가족들은 잉크가 튀기도 하고 불편하니까 제대로 된 볼펜을 사는 게 낫지 않겠냐고 했지만, 내가 원하는 건 만년필이라고 확실하게 말했다.

결국 절충안으로 잉크 카트리지 방식의 만년필을 선물로 받았다.

처음에는 검은 잉크가 들어 있었는데, 검은색 다음으로는 블루블랙으로 바꾸어보았다. 완두콩 선생님이 일기에 코멘트를 달아줄 때나 편지를 쓸 때 등 글씨를 쓸 때마다 늘 사용했던 추억 가득한 그 만년필과 똑같은 색!

세로로 글을 쓰면 유치해 보이는 내 글씨체도 조금은 예뻐 보이고(일본어 손글씨는 역시 세로로 쓰는 게 아름답다), 심지어 완두콩 선생님이 된 듯한 기분까지 들어 가슴속이 간질거린다.

만년필로 필기하는 게 너무 재미있어서 의미도 없는 문장들을 옮겨 적어보기도 했다.

카트리지는 금세 바닥난다. 이틀 만에 다 써버린 적도 있다.

감사장 엽서를 고를 때도 만년필로 쓰기에 적절한 종이인지를 우선시하게 되었다.

만년필에 이렇게 많은 추억이 깃들어 있다는 것을, 그걸 가져 보고 처음으로 깨달았다.

지금도 생각나는 완두콩 선생님의 교실. 다 커서 가보니, 책상이 이렇게도 작았나 싶었다.

완두콩 선생님도 책상과 함께 작아지신 것 같았다. 그만큼 내 키가 큰 거겠지.

선생님이 치던 오르간. 학생들을 교실로 불러모을 때 사용한, 나무 막대에 유럽풍 그림이 그려진 깃발. 모든 것이 시간이 멈춘 것처럼 그곳에 있는 듯해 기분이 이상했다.

하지만 대대적인 개축 공사로 학교 풍경도 많이 바뀌어버렸고, 완두콩 선생님도 정년을 맞아 학교를 떠나게 됐다.

내가 있던 교실도 사진과 기억 속에만 남아 있다.

인생은 여러 사람과 관계를 맺음으로써 만들어진다.

내 어린 시절을 대표하는 인물은 단연코 완두콩 선생님이라 하겠다.

그건 그렇고, 아직도 마음에 남아 있는 일이 있다. 2학년 때 제출하는 것을 까맣게 잊어버린 한자 학습지, 그리고 반에서 개최될 예정이던 '책받침 대회'. 말 그대로 책받침 부수(辶)를 누가 더 잘 쓰는지를 겨루는 대회다.

"다음번에 책받침 대회를 하자!"는 선생님 말에, 이름에 책받침 부수가 들어 있어_{안의 본명은 와타나베 안渡邊杏이고, 성씨에 책받침 부수가 들어 있다} 묘하게 자신감이 있던 나는, 이제나저제나 대회를 기다리며 몰래 연습까지 했지만, 뭐가 바빴던지 결국 대회는 열리지 못한 채 학기가 끝나고 말았다.

한자 학습지는 죄책감 때문에 중학교 때까지 가지고 있었지만 지금은 어디론가 사라져버렸다.

동창회라도 하면 언제고 다시 책받침 대회를 기획해서 선생님의 라벨을 받고 싶다.

남동생 해리

내 '남동생' 이야기를 해보겠다. 아니, 동생 입장에서는 내가 여동생처럼 생각될지도 모르겠군.

우리 집에 남동생이 온 건 내가 초등학교 2학년 말, 3학년을 눈앞에 두고 있던 겨울이었다.

다른 강아지들보다 한 두 배나 큰 강아지가 펫숍 한쪽 구석에 잔뜩 몸을 웅크리고 있었다. 점잖고 의젓해 보이던 그 강아지가 우리 가족을 보고는 '기다렸다'는 듯이 펄쩍 뛰어올랐다.

기를지 말지 가족회의를 거쳐 곧 그 강아지는 가족의 일원이 되었다. 펫숍에 있기에는 덩치가 너무 컸지만, 몸집이 큰 우리 가족에게는 딱 맞았다. 초콜릿색의 래브라도레트리버. 이름을 지을 때도 가족회의를 열어 그림책 『개구쟁이 해리』에 나오는 '해리'로 정했다.

해리는 태어난 지 얼마 안 돼 파랗던 눈이 갈색으로 변하고 있었고, 털이 북슬북슬한 아직 어린 강아지였다. 외출할 때면 차 안에서 오빠와 나 사이에 끼어 앉아 새근새근 잠이 들곤 했다.

우리 집에서 잠시 동안 함께 지낸 뒤 해리는 몇 달간 훈련소에 머물렀다. 몸이 쑥쑥 자라는 모습을 직접 보지 못해 아쉬웠지만, 그 기간이 있었기에 해리는 이후 자신의 인(견)생을 의미 있게 보낼 수 있었을 것이다. 짖지도 물지도 달려들지도 않고, 가만히 점잖게 기다려주는 붙임성 좋은 해리는, 내 일터에서도 인기가 좋았다(홋, 개바보).

이렇게 누구에게나 사랑받는 훌륭한 성품의 해리였지만 집에서는 그저 바보 개였다. 완전 잠꾸러기여서 하루에 무려 20시간을 자곤 했다.

언젠가 의자 팔걸이에 턱을 괴고 자는 해리의 콧구멍에 감 씨를 살짝 집어넣었는데, 그런 줄도 모르고 해리는 쿨쿨 잠만 잤다.

"해리, 으잉, 해리-야아."

해리는 누운 자세 그대로 쩝쩝거리며 눈만 뜨고는 잠시 멍하니 있었지만, 역시 알아채지 못했다.

"코, 코라니까!"

손으로 코를 가리키자 그제야 알아차리고 눈을 부릅떴다. 개들은 후각이 뛰어나다는 얘기가 조금 의심스러웠다.

해리는 코 위에 먹이를 올려두고 기다리다가 "좋아"라고 말한 뒤에 먹이를 먹는 재주도 배웠다. 코끝에 놓여 있는 먹이를 떨어뜨리지 않고 멋지게 입으로 옮기는 기술이다.

요리라도 하고 있으면 해리는 부엌에 점잖고 예의바르게 앉아 떨어지는 음식을 기다리곤 했다. 채소 껍질을 벗기다가 뒤로 휙 던지면 덥석 받아 물었다. 멸치 머리와 내장을 뗄 때도 눈을 반짝이며 쳐다보곤 했다. 정말이지 친환경적인 개였다.

그중 해리가 가장 좋아한 것은 얼음이었다. 언젠가 냉동실에서 얼음 한 조각을 떨어뜨린 적이 있다. 바로 몸을 숙여 찾아보았지만 분명히 떨어진 얼음이, 없었다.

"이상하네……."

옆을 보니 입을 꾹 다문 해리가 이쪽을 보고 있었다. '네가 찾고 있는 게 어디 있게?'라는 듯 아무렇지 않은 모습으로.

"……?"

가만 보니 해리의 숨소리가 점점 거칠어졌다. 입술 틈새로 냉기 서린 하얀 숨이 새어 나왔다. 눈물도 조금 글썽이는 것 같았다. 일부러 눈을 딴 곳으로 돌리니 달그락하는 소리가 났다. 얼음을 뱉어낸 소리였다. 급하게 주워 먹은 게 찔려 참고 있었던 모양이다. 해리도 엄청 차가웠는지 혀를 쑥 빼고 한숨을 쉬었다.

이런 일도 있었다. 부모님이 테이블 위 쟁반에 놓아둔 찹쌀떡이 없어졌다고 했다. "너희 아니니?" 오빠와 내게 물으셨고, 우리는 당당히 고개를 저었다. "그럼 누가 먹었단 말이야?" 이번에는 어깨를 움츠렸다. 정말 모른다니까.

의자 위에서 용하게 자는 해리

이때 '어머, 모두 모여서 무슨 얘기를 하고 계세요?'라는 듯 너무도 태연한 걸음으로 해리가 등장!

"앗!"

초콜릿색이어야 할 해리의 입 주변이 하얀 가루로 범벅이 되어 있었다. 놀란 우리 목소리에 해리는 '응? 왜 그러는데요?'라는 듯 고개를 갸웃거렸고, 우리가 "해-리-이!" 하고 야단치듯 부르자 움찔 뛰어올랐다. 범인은 해리였던 것이다.

개들은 가족 중 대장과 서열을 정하는데 반드시 자기 아래 누군가를 둔다고 들은 적이 있다. 해리가 정한 우리 가족 피라미드의 꼴등은 나였다. 용건도 없이 불러대는 나는, 해리에게는 좀 귀찮은 여동생이었던 것 같다. 언젠가 내가 해리의 이름을 끈질기게 불렀을 때, 나는 처음으로 개가 어깨로 한숨을 쉬는 것을 목격했다.

나는 해리에게 여동생이면서 라이벌이기도 했다.

감기에 걸려 거실 소파에서 담요를 돌돌 말고 자고 있을 때였다. 해리가 조용히 다가와 소파 바로 아래 몸을 둥글게 말고 누웠다.

"헤리, 와줬구나!"

열이 나서 나른하고 마음이 약할 때는 개의 존재가 크게 다가온다. 나는 안심하고 잠이 들었다. 갑자기 눈을 뜨니 왠지 썰

렁했다. 가만 보니 소파 아래에서 해리가 담요를 감고 자고 있었다. 아마도 담요를 홱 끌어당긴 게 아니라, 담요 끝자락에 체중을 실어 조금씩 조금씩 자기 쪽으로 끌어당긴 모양이다. 잠시 무언의 '담요 당기기' 공방이 계속되었지만, 결국 우린 같이 잤다.

　해리는 평생 짖거나 무는 법이 없었는데, 딱 한 번씩 그런 적이 있었다. 해리도 나도 젊었다.

　"셰퍼드다!"라고 외치며 해리의 양쪽 귀를 위로 들어 올렸을 때였다. 귀를 잡아당기지는 않았지만 래브라도 종의 자존심이 다치기라도 한 걸까? 해리는 느닷없이 내 손을 덥석 물었다. 피도 안 났고 이빨 자국도 그날 안에 사라졌지만 놀란 나는 엉엉 울었다. 나를 문 해리도 스스로 깜짝 놀란 모양이었다. '여동생의 도발에 자기도 모르게 손을 대고 만 오빠가 결국은 나쁜 사람'이라는 법령이 이번에도 적용되었다. "하우스!"라는 말을 들은 해리는 어깨를 축 늘어뜨린 채 자기 집으로 돌아갔다.

　해리가 짖은 건 봉 던지기 놀이를 할 때였다. 해리는 매우 즐거워하며 봉을 물어와 '또 던져!'라는 듯 내 발밑에 갖다놓았다. 몇 번인가 반복한 후 왠지 해리는 봉을 가로로 물고 뛰어왔다.

　"위험해, 해리. 안 돼!"

　눈을 반짝이며 뛰어다니던 해리는 내 목소리가 들리지 않는 듯 폭주했다. 결국 봉이 땅바닥에 걸려 목 안쪽을 찔렀다. 그 순간 지금까지 들어본 적 없는 우람찬 포효가 메아리쳤다. "그러게 내가 뭐랬어. 얼른 이리 와!" 서둘러 수도로 데려가 입을 헹구

게 했다. "아이고, 깜짝 놀랐네……." 해리는 한동안 눈을 동그랗게 뜨고 있었다.

이런 해리도 해안가에 사는 어여쁜 자매와 선을 보고 무사히 가정을 꾸렸다. 태어난 여덟 마리의 강아지는 모두 멋진 초콜릿색 털에 동그랗고 귀여운 푸른 눈을 갖고 있었다. 강아지는 지인들에게 분양되어 지금은 손자까지 보았다.

해리는 몇 년 전에 미국으로 건너갔다. 2개 국어를 알아듣는 개다. 늙어서 일본으로 돌아올 수 없게 되었다는 말을 듣고 미국에서 일할 때 몇 번 해리를 만나러 갔다. 주말을 끼고 2주간 뉴욕에 머문 적이 있는데, 2주차에도 촬영을 계속할지 여부를 금요일까지도 결정하지 못했다. 그때 갑자기 해리가 생각난 나는 안절부절못했다. 예정을 바꾸어 그날 로스앤젤레스로 날아가 남은 체류 기간 중 며칠을 해리와 보냈다. 나이는 많이 들었지만 해리는 아직 나를 기억했다. 선물로 멸치를 보여주자 변함없이 눈을 반짝였다.

이듬해 봄, 해리는 천국으로 갔다. 마지막으로 만날 수 있었던 건, 해리가 불러주었기 때문인지도 모르겠다.

지금도 부엌에서 과일을 깎거나 낮잠을 잘 때면 문득문득 해리가 떠오른다. 이전에 발성 수업에 참가했을 때 "그냥 읽는 게 아니라, 그 자리에 있는 누군가에게 들려준다고 생각하면서 목소리를 내야지"라는 말을 듣고, 나는 망설임 없이 눈앞에 해리가 있다고 상상하고 소리를 내보았다. 전에도 이런 상황이 오면, 언제나 해리가 그곳에 있었다.

곁에 둥글게 몸을 말고 누운 해리는, 내 목소리에 고개를 번쩍 들어 '아이고, 또 시작이네'라며 한숨을 쉬고는 애교처럼 꼬리를 한 번 살랑 흔들어주고는 다시 낮잠을 잔다.

서로의 다리를
베개 삼아
낮잠 자기

바람의 빛

뒤에서 공격~

으악

중학생 때다.

"이거 재미있으니까 읽어봐."

어느 날 친구가 『바람의 빛』이라는 만화를 빌려줬다.

'막부시대 말 청춘 그라피티'라는 부제가 붙은 만화. 무대는 막부 말기 교토. 이야기는 신센구미新選組, 1863년에 조직된 무사 조직으로 교토로 가는 쇼군의 신변 보호를 목적으로 만들어졌으나 이후에는 교토의 치안을 유지하고 막부에 반대하는 세력에 맞서는 데 집중했다의 중간 채용 시험에서부터 시작된다. 신센구미에 입대하려는 자칭 가미야 세이자부로神谷清三郎라는 젊은 검사劍士는 사실 세이セイ라는 여자다. 그녀는 성별을 속이고 입대하여 오키타沖田 총사 밑에 배속된다. 아가씨라는 설정은 여러 문제를 안고 있지만, 만화라고 허구를 내세워 대충

속이지 않고 시대 배경을 바탕으로 구체적인 에피소드를 그려낸 것이 묘하게 현실적이었다. 나는 단숨에, 젊은이들이 각자의 사상을 품고 단기간에 충돌한 막부 말기의 포로가 되었다.

신센구미에는 '국중법도局中法度'라 불리는 규율이 있었다. 무사도를 어기지 말 것. 이하 네 개의 조항이 더 있는데, 위반한 자에게는 할복을 명한다는 엄격한 규율이었다. 상대의 공격을 받았을 때, 뒤에서 공격해온 경우는 사도불각오士道不覺悟라고 하여 처벌할 수 있었다. 오키타는 국자나 주걱으로 세이의 머리를 뒤에서 딱 때리며 "어떠냐, 뒤에서 공격!"이라고 장난을 쳤다. 세이는 당연히 "비겁하게 무슨 짓이야!"라며 화를 내지만, 사실 그 장난은 갑작스러운 상황에 언제든 대처할 수 있도록 하기 위한 훈련이었다.

우리는 그 훈련을 학교에서 재현하며 비겁하기 짝이 없는 장난을 쳤다. 자 혹은 손날로 "어떠냐, 뒤에서 공격이다!"라며 친구를 뒤에서 베는 거다. 지금 생각해보면 어디서부터 야단을 쳐야 할지 모를 대책 없는 중학생이었다.

마침 역사 수업도 막부시대 말기에 접어들어서, 우리의 '막부 말 열기'는 더욱 가속화됐다. 쉬는 시간에 역사 선생님께 질문을 하러 가거나 방과 후에 모여 교과서를 펴고 이런저런 토론을 하며 역사 스터디를 하기도 했다.

'역사라는 게 재미있구나!'

본격적으로 그런 생각이 들었을 때는 학년이 바뀌어, 역사 과목이 정치경제로 대체되었다. 하지만 인간의 심리란 주어졌을 때보다 빼앗겼을 때 더 불타는 법이다.

이런 나를 포함해 '바람의 빛을 사랑하는 사람들'이 중학교 졸업 기념 여행으로 선택한 곳은 당연히 교토. 만화를 배경으로 당시 발행된 관광 안내 책자 『바람의 빛 교토』를 보며 막부 말기 교토를 여행했다. 신센구미 대원들이 머물던 하치혼테이八本邸에는 당시로서는 드물던 유리창, 세리자와 가모芹澤鴨가 습격당했을 때 걸려 넘어진 독서대, 상인방창이나 출입구 상단을 가로지르는 인방引枋으로, 위로부터 전해지는 하중을 받쳐준다의 칼자국도 그대로 남아 있었다. 무엇보다 그곳 자원봉사 할아버지가 마치 조금 전까지 신센구미 대원들이 거기에 있었던 것처럼 실감나게 설명한 데 놀라 우리는 모두 저도 모르게 무릎을 꿇고 이야기를 들었다.

'졸업 기념 막부 말기의 교토 여행' 외에도 도쿄에는 신센구미 간부의 모임 장소가 있었는데, 부국장 히지카타 도시조土方歳三의 생가나 무덤, 도장이 있는 히노日野, 히지카타 도시조의 동상과 히지카타 도시조 찐빵이 있는 사찰 다카하타후도손高幡不動尊을 돌아보거나, 곤도 이사미近藤勇가 최후를 맞이한 이타바시板橋에서 열리는 다키노카와 신센구미滝野川新選組 축제에 가보기도 했다.

얼마 지나지 않아 나는 본격적인 모델의 길을 걷게 되었는데, 그게 새로운 '역사 여행'의 시작이었다. 촬영이나 행사로 지방에 갈 기회가 더 많아진 것이다. 현지에서 묵게 되면, 짬을 내어 다양한 사적을 찾아보았다. 가와고에川越, 오사카, 교토, 나가사키長

崎…… 신사와 불각, 자료관. 교토 촬영지에서는 불상에 조예가 깊은 선배 모델인 하나를 통해 도장御朱印, 원래 참배자가 경문을 베껴 절에 보관할 때 받던 도장. 지금은 그렇게 하지 않아도 절에 다녀온 증거로 받을 수 있다 수첩의 존재를 알게 된 후 도장 모으기를 계속하고 있다.

운전면허를 따고 처음으로 혼자 드라이브한 곳은 아이즈와카마쓰會津若松였다. 신센구미의 모체인 아이즈 영주였던 마쓰다이라 가타모리松平容保의 무덤, 아이즈 번에도시대 1만 석 이상의 영토를 보유했던 봉건 영주인 다이묘가 지배했던 영역과 그 지배 기구과 인연이 있던 간부 사이토 하지메齋藤—의 묘, 그리고 그가 건립했다는 곤도 이사미의 묘. 보신전쟁戊辰戰爭, 1868년 무진년에 시작된 유신 정부군과 옛 막부군 사이에 벌어진 약 16개월에 걸친 내전. 신정부군의 승리로 끝나 메이지 천황에 의한 통일 국가로의 길이 열렸다의 비극인 백호대白虎隊의 무덤과 자료관이 있는 이모리야마飯盛山…… . 당일 예정을 갑자기 바꿔, 전선에서 북상하던 도중 히지카타 도시조가 상처를 치료했다는 온천에 몸을 담그고, 이튿날은 오우치주쿠大內宿라 불리는 옛 여인숙에 들러 명물인 메밀소바를 먹었다.

……이렇게 하나하나 이야기하자면 끝이 없겠지만, 어쨌든 나는 틈만 나면 막부 말기를 중심으로 한 사적이나 신사, 절, 전람회 등을 찾게 되었다.

그러던 중 역사에 관련된 일도 맡게 되었다. 지금의 저작 활동도 역사소설 서평을 쓴 게 계기가 되었다. 역사와 관련된 일로 여러 장소를 방문하고 책도 읽게 되는, 그야말로 일과

그러나 소녀는 없다!!

취미가 서로를 보완하는 최고의 순환이다.

그리고 드디어 운명의 날이 왔다. 어느 패션 잡지의 전속 모델이 되어 그 잡지에서 연재를 맡게 된 것이다. "무엇이든 하고 싶은 게 있으면 제안해주세요"라는 편집자의 말에 나는 이렇게 대답했다. "언제 한번 만화를 테마로 해주세요! 그리고 가능하면 『바람의 빛』의 작가인 와타나베 다에코渡邊多惠子 선생님과 같이 작업하고 싶어요." (그 패션 잡지와 『바람의 빛』이 연재된 코믹 잡지는 같은 출판사에서 발행했다.) 연재 첫 회에 했던 이 제안은 두 해가 지난 15회째에 드디어 기획되었다. 그리고 꿈이 정말 이루어졌다. 와타나베 다에코 선생님이 흔쾌히 응해준 것이다.

"일단은 뭘 할지 회의를 해봅시다."

선생님은 담당 편집자와 함께 일부러 내가 촬영하는 스튜디오까지 걸음해주었다.

"처, 처음 뵙겠습니다!"

긴장한 얼굴로 인사했지만, 실제로 만나보니 단행본 말미에 보너스 만화로 그린 자화상의 인상과 똑같아서 처음 만나는 것 같지 않고 마음이 편했다.

"편지는 한 번 주고받은 적이 있죠?"

와! 기억하고 계셨구나! 10대 시절 내가 『바람의 빛』 서평을 투고해 잡지에 실린 일이 있었는데, 그때 "게재했습니다!"라고 선생님께 연하장을 보냈고 당시 다에코 선생님이 답장을 보내주었다. "안이 추천해서 읽어보고 팬이 되었어요!"라는 팬레터를 받았다고 했다. 그런 답장을 받고 몇 년이 지나 실제 만남이 이루어지다니!

그뿐만이 아니었다. 회의 끝에 선생님은 내 초상화를 그려주기로 했다. 하늘을 날 것만 같았다. 회의 자체는 반나절…… 고작 30분 정도로 끝이 났다. 그때 "우리 이제 저녁 먹으러 갈 건데, 안은 시간 어때?"라는 다에코 선생님의 말에 생각할 것도 없이 승낙.

그리고 분위기는 점점 고조되어 처음 만났는데도 4시간 이상을 막부 말기에 대해 뜨겁게 이야기를 나누었다. "아, 어쩌지, 이제 갈 시간이 되었네"라는 얘기를 듣고서야 시간이 지난 것을 알아챘을 정도였다. "또 같이 밥 먹어요!" 우리는 힘차게 악수를 나누고 헤어졌다.

며칠 후, 다에코 선생님과 나는 식사를 핑계 삼아 다시 한번 최종 확인……을 하기 위해 만났다.

초상화를 그리려면 사진이 필요하지만, 어떤 걸 찍어 보내달라는 연락보다는 직접 만나 좋아하는 앵글로 사진을 찍는 것이 확실하고 빠르다.

우리는 저녁 시간에 만났다. 카페에서 차를 마시며 또 끝없이 이야기를 나누었다. 다에코 선생님은 이야기하는 것을 굉장히 좋아했다! 끊이지 않고 이야깃거리를 꺼냈다. 이야기는 끝이 없고 너무도 재미있었다. 흠흠, 흠흠 맞장구를 치는 것만으로도 굉장히 재미있었다. 카페에서 레스토랑, 디저트로 다시 카페, 결국 세 군데를 옮겨 다니는 동안 몇 시간이 지났다. 그리고 마지막에서야 겨우 본론으로 돌아갔다. 사진 속 나와 만화 속 내가 서로 대치하는 구조로 잡지를 구성하기로 했다.

"그렇다면 역시 전통 옷이지. 전통 옷차림의 사진을 보내줄 수 있겠어요?"

"그렇지만 선생님이 생각하시는 앵글로 사진을 찍는 게 낫지 않아요?"

"그건 그렇지만……."

"그러면요, 음, 차라리 지금 저희 집에 가실래요? 제가 서둘러 유카타로 갈아입을 테니 선생님이 사진을 찍어주세요!"

그렇게 갑작스레 집으로 가 촬영을 하게 되었다. 다에코 선생님은 잡동사니로 넘쳐나는 아지트 같은 내 방에도 선뜻 와주셨다. 얼른 옷을 갈아입고 차 한 잔 낼 틈도 없이 포즈와 얼굴 각도를 상의해가며 무사히 여러 장의 사진을 찍었다.

그로부터 몇 주 후, 다에코 선생님은 "초상화는 정말 서투르니까 절대 기대하지 마세요!"라고 했지만 완성된 그림을 본 순간, 나는 숨이 멎는 것 같았다. 머리를 뒤로 묶고 홍조를 띤 얼굴로 웃고 있는 내가 신센구미의 제복을 입고 있었다. '바람의 빛' 세계 속의 나. 이렇게 행복할 수 있다니, 누가 상상이나 했겠는가.

학교 복도에서 "뒤에서 공겨억!"을 외치던 10년 전의 내게 보여줬다면 뭐라고 했을까? 『바람의 빛 교토』를 한 손에 쥐고 찌는 듯한 더위 속을 헤매던, 아이즈에 있던 내게 들려준다면 어떤 표정을 지을까? 지난번에는 심지어 『바람의 빛』 신간 띠지 제작에까지 참여했다.

그리고 이번 달. 2009년 유행어 대상 TOP10 시상식에 참가했다. 역사를 사랑하는 여성을 지칭하는 말 '역녀歷女'의 대표로 선발된 것이다. 내가 만들어낸 말은 아니지만 그 단어를 대표하는 사람으로 선정되다니, 말로는 다 표현할 수 없는 감동을 받았다.

『바람의 빛』과 만난 지 10년. 역사를 좋아하는 마음이 한 번도 흔들리지 않고 계속될 수 있었던 건 이 만남이 있었기 때문이다. '역녀'는 유행어 대상에서 수상은 못했지만 이 단어가 태어난 것, 그리고 이 단어의 대표로 선정된 데 커다란 의미와 기쁨을 느꼈다.

단상으로 올라가 마이크를 건네받은 나는 큰 소리로 외쳤다.

"진정 감사하며 행복하옵니다!!"

회장 안에 웃음이 터졌지만 뭐, 괘념치 않소. 본인은 누구보다 즐거웠소이다.

할아버지는 경찰관

할아버지 귀는
부처님 귀

    나는 할아버지의 사랑을 듬뿍 받고 자랐다. 눈에 넣어도 아프지 않을 정도로 사랑스럽다고 흔히들 말하는데, 그렇게 따지면 나는 할아버지 눈에 몇 번쯤은 들어갔다 나왔다 해도 될 만큼 어릴 적부터 귀여움을 받았다. 두 살이 채 되지 않았을 때 하와이로 가족 여행을 갔다. 할아버지는 비행기에서 계속 울어대는 나를 안고 거의 앉지도 못하고 내내 통로를 걸어 다니며 달랬다고 한다. 유치원에 다닐 때였을까? 할아버지가 약주를 드시고 계시면 곧잘 무릎 위에 올라갔던 기억이 난다. 기분 좋게 취한 할아버지가 그네를 태우듯 의사의 앞나리를 들었다 내렸다 하며 나랑 놀아주셨다. 내가 까불거리며 다리를 쭉 뻗다가 테이블을 걸어차는 바람에 할아버지는 의자와 함께 뒤로 넘어지셨다.

할아버지 무릎 위에 있던 나는 아무렇지 않았지만, 후두부를 세게 부딪친 할아버지는 엄청 아프셨을 텐데…… 무사해서 정말 다행이었다.

할아버지는 술을 마시면 가끔씩 옛날이야기를 들려주셨다. 역사에 대해 물어보면 어떤 내용이든 막힘없이 이것저것 알려주고, 나중에 그 내용에 관한 책을 장서들 속에서 찾아 보내주기도 했다. 신센구미에 관한 책도 많이 받았다. 역사를 좋아하는 마음은 할아버지가 길러주신 것이다. 할아버지는 메이지유신 이후 크나큰 변혁이 이루어진 쇼와昭和시대를 살았다. 할아버지의 경험담은 다양하고 믿을 수 없는 기상천외한 에피소드로 가득했다. 할아버지가 이야기보따리를 풀 때마다 나는 넋을 잃고 듣곤 했다. 언젠가 할아버지 이야기를 정리해보려던 참이었는데, 여기에서 좀 소개해야겠다.

할아버지는 1928년 아오모리현青森縣 히로사키弘前에서 태어났다. 제2차 세계대전 중에는 육군 소년비행병에 지원해 당당히 합격했다(당시에는 공군이 없었고, 육군뿐이었다고 한다). 멀고 먼 비와호琵琶湖, 시가현滋賀縣에 위치한 일본에서 가장 큰 호수로, 면적은 약 670제곱킬로미터 근처의 오쓰大津 육군소년비행병학교까지 기꺼이 자원했지만, 신체검사에서 한쪽 눈이 나빠서 실격. 고향으로 귀가 조치를 받았을 때는 너무나도 창피해서 역에서 내려 몰래 신사 뒷길을 통해 집으로 돌아갔다고 한다.

전쟁이 끝나고 대학에 들어가 변호사가 되려고 상경을 결심하지만 당시에는 식량난 때문에 도쿄에 들어가는 게 제한돼 있

었기에 기차표조차 쉽게 살 수 없었다고 한다. 그런데 마침 경찰관 모집이 있어 할아버지는 여기 지원해 도쿄로 들어올 수 있었다. 이전에 『경찰관의 피警官の血』라는 책을 읽은 적이 있는데, 전쟁 이후 경찰이 된 사람들의 이유는 가지각색이었다. 할아버지는 가난에서 벗어나기 위해서였다. 경시청에 들어간 후 밤에는 대학을 다니며 경찰과 학생이라는 병행하기 힘든 이중생활을 시작했지만, 얼마 지나지 않아 결핵에 걸려 학업을 포기할 수밖에 없었다.

그 후 직장이 안정되자 결혼하라는 주변의 권유로 선을 보기로 했다. 제복을 입고 사진관에서 찍은 제대로 된 사진은 고향으로 보낸 터라, 수중에는 술을 마시고 찍은 술주정뱅이 모습의 스냅사진뿐이었다. 다시 맞선용 사진을 찍을 돈이 없어 어쩔 수 없이 그 사진을 상대방에게 보냈더니 아니나 다를까 거절당했다고 한다. 그 후 상사가 쓰키시마섬月島에 살고 있던 도쿄 토박이 아가씨를 소개해주었는데, 그분이 바로 우리 할머니다. 할아버지는 할머니에게 첫눈에 반했다. "그러니까, 불행 중 다행이었지. 그때 퇴박맞지 않았다면 할머니를 어떻게 만날 수 있었겠냐"고 하신다. 할머니는 그 사진을 보고 괜찮았을까? 나도 그 사진을 한번 보고 싶다.

다행히 1958년에 치러진 결혼식을 담은 8밀리미터 필름이 남아 있어서 사진관에서 DVD로 옮겼다. 소리도 없고 화질도 조잡하지만 역사 속 한 장면 같은 화면이, 나도 잘 아는 중요한 장면이라고 생각하니 어쩐지 코끝이 찡했다.

여기서 새로운 인물을 소개하고자 한다. 바로 할아버지의 동료인 곤 할아버지다. 그분의 전설적인 이야기는 여러 차례 들었지만, 그때마다 『여기는 잘나가는 파출소こちら葛飾區龜有公園前派出所』라는 만화에 나오는 사고뭉치 순경, 료쓰 간키치雨津勘吉를 떠올리곤 한다. 료쓰가 특이하다기보다는 쇼와시대에는 경찰을 비롯해 사회 시스템 자체가 지금보다 훨씬 더 혼돈스러웠다고나 할까, 어떤 의미에서는 자유로웠다는 생각도 든다. 실제로 그랬을 것이다. 전쟁이 끝나고 얼마 지나지 않은 시기의 경찰들은, 막부 말기의 신센구미와 비슷했을 것이다(어폐가 있다면 죄송합니다). 황폐한 토지에 사는 거친 사람들의 민생치안을 위해 각양각색의 사람이 모여들었다. 너나없이 가난하던 시절, 할아버지는 동료 중 한 사람이 비둘기를 잡아 전골을 끓여먹는 것을 본 적이 있다고 한다. 비둘기들이 쉬고 있는 곳을 향해 갑자기 손전등을 비추면 깜짝 놀라 떨어지는 비둘기가 있는데 그걸 잡는다는 것이다. 할아버지는 고양이 전골을 같이 먹자는 권유에, 왠지 꺼림칙하여 거절한 적도 있다고 했다.

다시 곤 할아버지 이야기로 돌아가자. 곤 할아버지는 꽤 덜렁이였다고 한다. 어느 날 파출소 맞은편의 구멍가게에서 도둑질을 한 어린아이가 도망치고 있었다. 뒤에서 가게 주인이 "도둑이야!"라고 외치며 달려 나왔다. 놀란 곤 할아버지는 재빨리 총을 꺼냈고 뒤이어 총성이 울렸다! 다행히 아무도 총에 맞지 않았지만 또 다른 사건과 함께 곤 할아버지는 징계를 받게 되었다. 엄청나게 지겨웠던 걸까? 권총 손잡이에 손가락을 끼우고 빙글빙

글 돌리며 웨스턴 카우보이를 흉내 내던 중에 안전장치가 풀려 있었는지 총알이 발사되었다. 당시 도쿄는 불타버린 허허벌판이라 거리에는 총알받이가 될 만한 것이 아무것도 없었고, 발사된 총알은 하필이면 미국 대사관 쪽까지 날아갔다고 한다. 냉정하게 보면 두 사건 모두 무시무시한 일이었지만, 이제는 시효도 끝났으니 웃어넘길 수 있는 일화가 되었다. 곤 할아버지는 이렇듯 익살꾼이어서 누구든 좋아했다고 한다.

우리 할아버지의 경찰관 시절 이야기는 곤 할아버지에 비하면 귀여운 수준이다. 지금은 근무 중에만 권총을 소지하고 나머지 시간에는 지정된 장소에 보관하지만, 옛날에는 경찰관 각자가 자신의 권총을 관리해야만 했다. 당연히 휴일에도 소지하고 있었는데, 물건을 사고 잔돈을 꺼내려는 순간 권총이 불쑥 튀어나와 가게 주인을 놀라게 한 적도 있다고 한다. 또 일본은행의 현금 수송 차량 경호를 위해 출장을 갔다가 아바시리網走까지 경호하고 돌아올 때의 일이다. 임무를 완료한 뒤라 마음이 해이해져서인지 화물열차 화장실에서 볼일을 보고는 선반에 권총을 올려놓은 채 나왔다고 한다. 깜짝 놀라 돌아가보니 다행히 총은 그 자리에 있었다. 할아버지는 "그 일은 지금 생각해도 간담이 서늘해진다"며 웃었다.

할아버지는 등산과 낚시를 좋아해 휴가를 내서 취미 생활을 즐겼다. 하지만 연말연시는 이래저래 바빠서 휴가를 낼 수가 없었다. 그런데 바다가 부르기라도 한 걸까? (낚시를 좋아하는 동료가 무리하게 권했다고는 하지만) 할아버지는 감기에 걸렸다는 둥

몸이 안 좋다는 둥 이런저런 핑계를 대고 휴가를 얻어 몰래 낚시를 하러 갔다. 그럴 때일수록 대어가 걸리는 법. 커다란 광어를 낚아 올린 할아버지는 스포츠신문 기자로부터 취재 요청을 받았다. 거짓말을 하고 휴가를 낸 게 들통나면 안 됐지만 대어를 낚은 기쁨은 감출 수 없었다. 할아버지는 결국 선글라스에 마스크를 쓴 모습으로 이튿날 신문을 장식했다고 한다.

신문 얘기가 나와서 말인데, 할아버지가 마루노우치丸の内 서에 있었을 때의 일이다. "너구리가 나타나서 깜짝 놀랐다"는 신고가 들어와 할아버지는 신궁에 딸린 정원으로 달려갔다. 지금도 마루노우치에서 너구리가 자동문을 열고 들어왔다는 뉴스를 보지만, 당시로서는 매우 드문 일이었을 것이다. 현장을 취재한 신문기자가 사진을 찍어 기사를 썼는데, 사진에서 할아버지는 너구리를 들고 서 있었다. 더할 나위 없이 평화로운 얼굴이었다. 물론 할아버지는 사건을 맡기도 했다. "다른 사람들이 간 방향과 다른 방향으로 가기도 하고, 또 현장에 다시 가보면 뭔가 냄새가 나는 장소에 범인이 딱 있거든" 하고 얘기하는데, 그게 바로 경찰관의 직감일 것이다. "음, 운도 좋았지"라고 할 때도 있다. 퇴직 기념으로 경시청에서 받은 메달은 내가 처음으로 형사역을 맡았을 때 물려주셔서 지금껏 소중한 보물로 잘 간직하고 있다.

할아버지는 정년을 2년 앞두고 퇴직하셨다. 이유는 모르겠지만 그만둘 때 주변에서 모든 사람이 할아버지를 말렸다고 한다. 조금은 별난 삶을 사셨다. 환갑 때는 인생을 남겨두어야 한다며 자신이 살아온 이력을 '수배서手配書' 형식
으로 네 자녀에게 돌렸다고 한다. 정말이
지 센스쟁이 할아버지다! 큰아버지와 고
모, 부모님에게 수배서를 보여달라고 졸
랐지만, "아, 그거? 재밌었는데, 어디 됐
지?"라며 무심하게 답했다.

　그로부터 20년이 훌쩍 지난 지금, 할아버지는 여든이 넘으셨
다. 내가 태어났을 때부터 "나는 언제 죽을지 모르니까, 오늘이
마지막 술이다"라며 매일 밤 약주를 드시지만 그런 분일수록 건
강하다. 이번에는 손주들에게 새로운 수배서를 만들어주지 않을
까 기대하고 있다.

다케쨩만 씨와의 대화

어서 오세요

잡동사니가 여기저기 잔뜩 널려 있는 방을 꾸역꾸역 치우는데, B5 크기의 스케치북 한 장에 뭔가가 빼곡히 적혀 있는 메모가 나왔다. 좋은 이야기를 듣고 잊어버리지 않도록 그날 중에 메모를 남긴 것 같다.

메모한 날의 기억을 더듬어보니 3년 전쯤이었던 듯하다. 나는 파리의 어느 일본인 가정에 머무르고 있었다. 컬렉션 시즌이라 매일같이 파리 거리를 휘젓고 다녔다.

"오늘 밤에 다케쨩만이 오는데, 안도 만나볼래?"

"다케쨩만 씨라고요?"

"응, 학자인데, 황후 폐하의 노래를 프랑스어로 번역하기도 했고, 미시마 유키오三島由紀夫와도 친분이 있는 분이셔. 우리가 이런저런 신세를 지기도 했고. 선생님은 프랑스어를 유창하게 하면서도 왜인지 수도나 전기 문제는 이상하게 해결을 못해서 그럴 때마다 우리가 도와주러 가기도 하지. 오늘은 우리 집에 저녁 드시러 오는 거야."

다케짱만 씨는 학자 다케모토 다다오竹本忠雄를 말한다. 설마 직접 그렇게 부르지는 않겠지만 이 집 아이들에게 설명할 때는 "다케짱만이 온다!"고 한단다.

그날 저녁, 아이들은 학교와 학원에서, 아버지는 직장에서 돌아오고, 어머니는 저녁 준비 중이었다. 나는 방에서 자잘한 일들을 하고 있었는데, 그때 초인종이 울렸다.

"다케짱만이다!"

아이들이 현관으로 달려가 문을 열고 코트와 가방을 받아들더니 그를 식탁으로 안내했다. 아이들은 아직 어린데도 붙임성 있게 굴며 예의를 차렸다.

다케모토 선생님, 가족들, 더부살이를 하는 내가 모두 식탁에 둘러앉았다. 식사가 끝나자 어머니는 뒷정리를 하고, 아이들은 각자 제멋대로 흩어졌다. 나는 운 좋게도 다케모토 선생님과 아버지의 약주 자리에 낄 수 있었다.

다케모토 선생님은 고작 스무 살 남짓이었던 나에게 멋진 이야기를 많이 해주셨다. 지금부터는 메모를 참조하면서 소개하는 거라 좀 산문적으로 읽힐 수 있다.

"프랑스인과 일본인의 차이가 뭐라고 생각하지?"

첫 질문을 받고 나는 바로 대답이 떠오르지 않았다. 다른 점은 엄청나게 많을 것 같지만, 이 질문에 대한 답은 분명 그것들이 응축된 단순한 한마디일 것이다.

"프랑스인은 '아니요', 일본인은 '네'라고 할 수 있어."

아, 그렇구나. 확실히 그런 것 같다.

"프랑스 사람들은 다른 사람의 의견에 동조하더라도 일단 자기 의견을 먼저 말하지. 결론이 검은색이라고 하더라도 회색부터 이야기를 시작해. 다른 사람과 다르다는 건 좋은 거라고 생각하는 거겠지. 그래. 예를 들어…… 누가 '이게 좋다!'고 할 때 프랑스인은 자기가 싫으면 '난 싫어'라고 주장하지. 반면 일본인은 자기가 싫어도 '그렇구나' 하고 상대의 의견을 인정하려고 해. 음, 심리학적으로 말하자면 서로 다른 거야. 이런 이유로 일본과 프랑스는 기본적인 것부터 다를지도 모르겠어. 하지만 일본에는 '무사도', 프랑스에는 '기사도'가 있지. 이 둘은 사실 상당히 닮아 있거든. 그러니까 일본과 프랑스는 틀림없이 서로를 이해할 수 있어."

"반론이라는 것도 사실 중요한 거야. 테제가 곧 안티테제인 거지."

다케모토 선생님의 말들은 책의 표제처럼, 사람을 쑤욱 끌어당기는 키워드로 시작한다. 본론을 듣기 전에 그게 뭐지? 하는 흥미를 불러일으킨다. 내 귀는 다케모토 선생님을 자동 추적하고 있었다. 오호, 오호, 음– 맞장구를 치며 내 몸은 점점 테이블 쪽으로 기울었다.

"지금까지 있어온 사실에 반론해서 자신의 생각을 적는 게 논문이지. 일본 학생들은 교수에게 높은 점수를 받을 것 같은 논문을 쓰는 경우가 많아. 교수는 학생들이 제대로 된 논문을 쓰도록 지도해야 하는데, 지금대로라면 그건 학생들을 더 타락시킬 뿐이야. 아인슈타인도 과거의 개념을 깨부수고 상대성이론을 발표했잖아."

"그래, 아인슈타인이라면…… 프랑스어와 중국어에는 욕설이 많지만 일본어에는 적어. 반대로 배려하는 말이나 사과하는 말은 풍부하지. 아인슈타인이 한 말 중에 이런 게 있어. '일본에 중국만큼 욕설이 많았다면 일본은 억울하게 오해받지 않았을 텐데.'"

"확고한 역사 인식, 그리고 숭고한 정신. 양쪽 바퀴가 정립되지 않으면 일본은 똑바로 달릴 수가 없게 돼. 예를 들어 신약성서에 이런 말이 있어.

'카이사르의 것은 카이사르에게 돌려주어라. 신의 것은 신에게 돌려주어라.'

카이사르의 것이란 당시 카이사르의 얼굴이 새겨진 로마 화폐를 가리키는데, 돈이나 물질을 표현하는 거야. 물질이나 돈은 물질이나 돈으로 해결해라. 하지만 정신을 돌려줘서는 안 된다는 기독교의 신념이지."

여기서 내가 질문을 했다(고 메모되어 있다).

"다케모토 선생님, 그 가르침은 어떤 것

이었어요? 로마란 건 뭐였나요?"

"한 표 차이지, 마드무아젤."

선생님이 대답했다.

"로마 문명은 멸망할 때까지 천 년이 걸렸지. 로마의 가르침이란 스토아주의였어. 요즘 말하는 스토아, 자신의 욕망을 억제해야 한다는 생각이었지. 로마 문명의 다음에는 어떤 것이 나타날까? 당시에는 대다수의 학자가 '스토아주의에서 발전된 것'일 거라고 생각했다고 해. 하지만 로마가 끝나고 현재까지 세상을 지배하는 건 기독교야. 당시에는 박해를 받았던 이 종교가 지금은 프랑스와 세계에서 로마 문명을 대신하고 있지."

"루이 16세가 단두대에 매달린 것도 한 표 차야."

여기서 내가 또 얼토당토않은 소리를 한 것 같다.

"한 표 차…… 일본으로 치면 고바야카와 히데아키小早川秀秋, 기노시타 가문에서 태어났지만 히데요시 가문, 고바야카와 가문의 양자로 보내지는 순탄치 않은 어린 시절을 보냈다. 세키가하라 전투에서 도쿠가와 이에야스와 짜고 서군을 배신하는 전략을 성공시킴으로써, 동군 승리의 주역으로 주목을 받았으나 채 뜻을 펴기도 전에 21세의 나이로 사망했다일까요?"

아마도 선생님의 말씀을 전부 이해하지는 못했던 듯하다. 하지만 듣고 있는 동안 재미있었던 건 틀림없다. 아는 것도 모르는 것도 무조건 메모해두려고 했던 것 같다. 그 자리에서 메모를 하며 이야기를 나눈 것이 아닌데도 나중에 빈틈없이 빼곡하게 써두었을 만큼, 내게는 그 대화가 충격이었다.

선생님은 내 물음에 "그래, 그렇지"라고 대답했다.

"한 표 차라고는 하지만 단두대에 매달린 것이 '역사'야. 역사란 반드시 진실한 것은 아니지. 과정이 아닌 결과고."

이어서 선생님은 여러 전쟁과 일본에 대해 이야기했다.

"역사에서는 끊임없이 박해를 받으며 계속해서 정신을 갈고닦은 사람들이 다음 주도자가 되는 거야."

"그게 야마토족大和民族, 서기 3세기 말에 세워진 일본 최초의 통일 정권 민족. 일본인의 다수를 차지한다이면 좋겠네요."

"그러기를 기원해야지. 그렇게 된다면 얼마나 좋겠니? 예를 들어 사람이 셀 수 없이 많은 양의 책을 읽는다는 것은 쉬운 일이 아니지. 우리 지식인의 역할은 백 권의 책을 읽고 한 권으로 정리해서 사람들에게 전달하는 거야"라며 선생님은 미소를 지었다.

더 듣고 싶다. 더 배우고 싶다! 생각했지만 밤은 속절없이 깊어만 갔다.

마지막에 선생님은 이상한 지론을 폈다.

"내 생각엔 말이지, 위인들은 11월에 죽는 것 같아. 미시마 유키오, 앙드레 말로, 샤를 드골…… 프랑스의 추석도 11월이지."

여기에서 메모는 끝나 있었다. 한 페이지로는 너무 아쉬워 다음 페이지까지 읽어봤다.

나에게 있었던 일을 잊으면 안 돼! 남겨야 한다는 습관은 초등학교 시절 매일 써야 했던 일기에서 시작된 것인지, 아니면 역사를 좋아하게 된 후 나도 무엇인가를 남기고 싶다, 잊고 싶지 않다는 생각에서 온 것인지 모르겠다.

하지만 이렇게 몇 년이 지나도 기억할 수 있으니, 메모가 쓸데 없는 건 아니었다. 조금 창피하지만 메모를 한 나를 칭찬해주고 싶어졌다. 완벽하게 기억에 남기기란 어려운 일이다. 그렇기 때문에 남겨야만 할 경험은 메모로 남겨야 한다는 것을 과거의 나로부터 배웠다. 그리고 나는 지금 이렇게 '흠흠'을 통해 만남들을 적어두고 있다.

다케모토 선생님은 지금 파리에서 무엇을 하고 계실까? 다음에는 언제 만날 수 있을까? 단 한 번 만났다고 생각할 수 없을 만큼 강한 인상을 남긴 만남이었다. 그로부터 몇 년이 지났다. 다음에 파리에 가면 이 책과 와인을 선물로, 또다시 술잔을 나누며 이야기를 들을 수 있으면 좋겠다. 빨간 볼펜도 가져가야지.

도예와 사냥 여행

주의하지 않으면
점점 넓어진다

빚어 만들기

"저, 처음 전화 드리는데요······ 지난번에 그곳 이야기를 들었는데 꼭 도예를 배우고 싶어서요."

"네, 물론 좋습니다. 그런데 어느 분 소개인가요?"

"죄송한데 그게 기억이 안 나요."

또 나왔다. 나의 단기기억상실증!

수년 전 나는 "누구의 소개인지는 잊었는데, 분명 이야기를 들어서요"라며 누가 봐도 수상하기 그지없는 전화를 걸었다.

정말 그건 사실이었고 그 도자기 공방의 이야기를 들었을 때 '꼭 가보고 싶다'고 메모해두었다. 거기까지는 좋았지만 누구에게서 그 이야기를 들었는지는 기억이 나지 않았다. 사실 지금도 생각이 안 난다. 아마 여성이었던 것 같은데, 그 이상은 도무지 모르겠다.

소개해준 사람에 대한 예의도 아닐뿐더러 수상하기까지 한 전화를 건 나를 따뜻하게 받아준 건 도예가 K 선생님 부부였다. 도자기 공방은 이즈伊豆에 있었다.

지하철을 타고 간 나를 역으로 마중 나온 K 선생님은 바로 도자기 공방으로 향하지 않고 이즈의 산을 돌며 소소하게 관광 안내를 해주셨다. 차가 멈춘 장소는 안개가 자욱하게 낀 녹음 짙은 곳이었다.

"여기는 고추냉이 밭이에요."

촉촉한 공기가 내 볼을 상쾌하게 어루만졌고 숨을 쉴 때마다 몸속이 정화되는 느낌이었다. 물이 깨끗하지 않으면 고추냉이는 재배할 수 없다고 한다. 그렇구나, 이해가 된다!

나는 그때까지 고추냉이를 먹지 못했다. 어릴 적 회전초밥을 먹으러 가면 늘 고추냉이를 빼달라고 했다. 카레는 열여덟 살까지 그다지 좋아하지 않았지만, 모델 일을 시작하고 출판사가 있는 진보초神保町에서 일을 하면서 좋아하게 되었다. 커피는 밀라노에서 에스프레소를 마신 후부터 좋아하게 되었고, 겨자는 오사카의 오뎅 집에서 수제 겨자를 먹은 후부터 좋아하게 되었다. 모두 최근 이야기다. 내가 말하려는 건 뭐든 '진짜'는 맛있다는 것이다.

선생님은 고추냉이 밭에서 얼마 떨어지지 않은 곳에 차를 세

왔다. "간식이라도 좀 먹을까요?"라며 매점으로 총총 뛰어가서는 손에 컵을 들고 다시 달려왔다. 그렇게 생각해서 그런지 모르겠지만 K 선생님은 유난히 싱글거리고 있었다. "이거, 이즈 아이스크림이에요." 선생님이 건네준 컵에는 맛있어 보이는 소프트아이스크림이 담겨 있었고 한쪽에는 고추냉이가 한 스푼 정도 얹혀 있었다.

고추냉이. 못 먹는데. 하지만 진짜 고추냉이는 달다고 하던데 …… 그래도 아이스크림…… 나는 망설이면서 한 스푼을 입에 넣었다.

"우아……?!"

왔다, 왔다. 지금까지 실패한 경험에서 알게 된 고추냉이의 그 코를 뚫고 나오는 느낌! 그런데, 뭔가 다르다. 화하긴 하지만 기침이 날 정도의 자극은 없고 깔끔한 뒷맛. 그 말은 사실이었다. 새로운 경험! 그랬다. 생고추냉이는 달콤했다!

"와, 맛있다……." 놀라 중얼거리는 나를 보며 K 선생님은 "그쵸, 그쵸?"라며 눈이 보이지 않을 정도로 웃고 있었다.

선생님의 자동차는 처음 보지만 어딘지 그리운 느낌이 묻어나는 평온한 전원 풍경 속을 달렸다. 도자기 공방은 논에 있었다. 포장도 되지 않은 모래 언덕을, 차는 덜컹덜컹 미끄러 떨어지듯 내려갔다.

K 선생님 가족이 사는 작업장, 자택, 갤러리를 겸한 전통 가옥은 지금으로부터 150년 전에 지어진 민가를 개축한 것이라고 한다. 뒤쪽으로 고추냉이의 맛

는 숲이 우거진 산, 옆으로는 작은 강, 현관 옆에는 커다란 감나무, 녹지를 끼고 지어진 본가보다 더 오래된 곳간. 모두 것이 직구 스트라이크로 내 마음을 움켜잡았다.

"멋진 곳이네요!"

준비가 될 때까지 산책을 좀 다녀오라고 해서 나는 집 주위를 한 바퀴 돌아보았다. 절대 과장이 아니라 마치 책이나 영화에 나옴 직한 세계였다. 그러고 보니 흙 위를 걷는 것조차 오랜만이었다.

"자, 준비가 됐으니 손을 씻고 이쪽으로 오세요"라며 부른 곳은 본채 옆에 있는 작업실이었다. 밖에 있는 수도에서 손을 씻고 안으로 들어갔다. 수돗물이 몹시 찼다.

"이 단계는 내가 먼저 할 테니 한번 보세요. 이건 국화 반죽이라고 하는 건데, 흙을 골고루 섞는 방법입니다. 이게 도예에 필요한 첫 기술이죠!"

반죽을 돌려가며 흙을 개면 그 흔적이 조금씩 옆으로 밀려나 국화꽃 모양 같다고 해서 국화 반죽이라고 한단다. 여기서부터 다양한 기법을 사용하여 작품이 탄생하는 것이다.

"이번에는 입문 편으로 물레를 이용해서 몇 가지 만들어볼까요?"

도예는 확실히 성격이 드러난다. 물레는 한순간에 작품 형태를 바꿔버린다. 급하면서도 순발력 없는 내 성격을 적나라하게 알 수 있었다. 그 와중에 찻잔 몇 개를 만들었다. 시간이 조금 남아서 사용하던 점토로 내 마음대로 젓가락 받침과 인형을 만들었다. K 선생님이 말했다.

"흙은 만지는 것만으로 마음이 치유되죠? 다음에 오면 천천히 흙을 만지며 손으로 빚어 작품을 만들어봅시다."

이것저것 배우고 있을 때 "여보, 식사 준비 다 됐어요"라며 K 선생님을 부르는 사모님의 목소리가 들렸다. 그렇다. 여기는 도예를 배우는 장소이기도 하지만 작품을 전시 및 판매하는 공간이기도 하고, K 선생님의 작품에 담긴 사모님의 요리를 맛볼 수 있는 곳이기도 하다. 다채로운 요리가 각양각색의 그릇에 담겨 나왔다. 음식을 담는 법이나 그릇의 활용법까지도 배울 수 있었다.

아름답고 맛있는 요리에 혀를 내두르며 나는 "다음에는 며칠간 빚어 만들기 배우러 올게요!"라고 선언했다.

그 기회는 바로 찾아왔다. 모델인 M과 드라이브 겸 2박 3일 도예온천여행을 떠난 것이다.

오전 중에 도쿄 시내를 출발하니 오후에는 도자기 공방에 도착할 수 있었다. M도 이곳에 감동을 받았다. 이번에는 빚어 만들기로 말차 잔 만들기부터 시작했다. 밖에는 조용히 비가 내리고 있었다. 빚어 만들기는 바닥 부분부터 끈 모양의 점토를 쌓아올리듯 만들어간다. 높이를 더하면서 손가락으로 형태를 잡고 넓어지지 않도록 주의하며 그릇의 형대를 잡아간다.

하던 작업을 마무리하고 차를 마시기로 했다. 부엌에서는 사모님과 그를 도와주러 온 에미 씨가 기다리고 있었다. 에미 씨는

20대인데도 휴대전화를 가지고 있지 않았고, 집 벽에 직접 페인트를 칠하는 좀 특이하면서도 예술적인 여성이었다. 에미 씨는 K 선생님 부부를 "아버지, 엄마"라고 불렀는데, 이야기를 듣고 있자니 누구든 다 그렇게 부르는 것 같아서 우리도 그러기로 했다.

"작업은 내일 계속하지요. 점토가 좀 말라야 하는데, 오늘 정도의 비면 내일 오후가 좋겠네요. 아, 엄마. 다케찌만이랑 내일 뭐 할까요?"

"음, 곧 올 테니까 물어봐."

"다케찌만이 누구예요?"라고 물어보니, 이즈산의 사냥꾼이라고 한다. 다케찌만. 어디서 들어본 것 같다. 어떤 특정한 시대에 이름에 다케가 붙는 사람은 아마 누구든지 다케짱만이라고 불리나 보다. 그게 약간 변형된 것이 다케찌만!

"엄청 재미있는 분이셔! 내일 어딘가에 데려가주면 좋겠는데"라는 엄마의 말에 대답이라도 하듯 멀리서 덜컹거리는 소리가 났다. "아! 다케찌만 아닐까?" 에미 씨가 소리쳤다.

작은 트럭을 몰고 다케찌만, 사냥꾼이 등장했다. 어떻게 재미있는 사람일까? 기대에 찬 눈으로 바라보는 우리에게 다케찌만은 가늘고 약간 잠긴 목소리로 말했다.

"오! 큰 여자들이 있네."

대충 자기소개를 마친 후 엄마가 다케찌만에게 말했다. "있잖아요, 이분들 내일도 여기 있는데 다케찌만이 어디든 데려가줄래요?" "어디라, 뭘 하면 좋을까요?" "산나물 뜯기 어때요?" "그 거라면 산에 가서 뜯기만 하면 되는데, 재미없지 않을까요?" 아니요, 아니요, 절대 그렇지 않아요! 우리는 머리를 흔들었다. 우리는 도시 아이들이라 산나물 뜯기도 큰 이벤트인걸요!

이튿날 아침, 이번에도 트럭을 몰고 온 다케찌만은 엄마한테 산나물을 담을 비닐봉투를 잔뜩 받아들고 우리에게 장갑을 건네주며 말했다.

"그럼, 가볼까?"

다케찌만은 턱시도를 입은 신사가 리무진 문이라도 열듯이 트럭 짐받이의 뒤쪽 데크를 열며 빨리 타라는 눈짓을 했다.

어쩜, 소설이나 영화에 나오는 것마냥 트럭 짐받이에 앉아 이동하는구나! 실려 있는 도구들과 함께 차 밖으로 튕겨나가지 않도록 짐받이 가장자리를 꼭 잡았다. 처음에만 약간 조마조마했을 뿐 조금 지나니 기분도 좋고 너무나도 재미있었다. 엘머의 모험 같았다고나 할까.

하지만 놀라운 체험은 이제부터였다. 다케찌만의 트럭은 점점 길도 없는 산속으로 들어갔다. "어디로 가는 걸까?" 우리는 서로 쳐다보며 궁금해했다.

덜컹덜컹, 버석버석 소리와 함께 나뭇가지들을 헤치며 짐승이 다니는 길로 들어서는 다케찌만.

나와 M은 점점 몸을 웅크리며 나뭇가지가 머리에 닿는 것을 피했다. 평탄한 길을 갈 때는 바람도 느끼며 태양 아래에서 「컨트리 로드」 같은 노래도 흥얼댔지만, 어느샌가 그럴 여유도 없어졌다. 말도

다케찌만

하지 않고 두근거리는 가슴으로 주위를 살펴보고 있는데 갑자기 확 트인 공간이 눈앞에 나타났다.

"다 왔다~!"

다케찌만의 트럭은 빈터 입구에 멈췄다. 산속에 활짝 펼쳐진 공간. 보름달이 뜬 밤에 산속의 동물들과 요정들이 모여 달빛 아래서 춤을 추는 광장…… 그런 분위기를 풍기는 곳이었다. 이런 동화 같은 감상도 잠시, 우리는 필사적으로 땅바닥을 기듯이 고사리 꺾기 작업에 들어갔다. 예상대로 다케찌만의 손에는 금세 고사리가 척척 모여들었다. 우리 손에도 점점 '고사리 부케'가 만들어졌다. 그때 "기회가 되면 결혼식 부케를 고사리와 고사리 꽃으로 만들어주고 싶어. 받은 사람이 그대로 냄비에 삶아 먹을 수 있게 말이야"라는 얘기가 나와 다들 깔깔거리고 웃었다.

산에서 내려오는 길에 대나무 숲으로 들어가 이번에는 죽순을 땄다. 다케찌만은 "죽순은 말이야, 산속의 잡초라고도 하지. 내버려두면 점점 늘어나거든" 하고는, 먹을 수 없을 정도로 커진 죽순을 발로 차서 뿌리부터 꺾었다. 터프한 다케찌만이 다음은 어디로 우릴 데려갈까? 건네받은 죽순을 양손에 가득 안은 채 우리는 선망의 눈으로 다케찌만을 바라보았다.

고사리
부케

다음으로 간 곳은 뜻밖에도 다케찌만의 작업장이었다. 작업을 하는 작은 집 옆에 돼지우리가 있었는데, 거기에는 카리스마 있는 커다란 멧돼지가 있었다. 조금 떨어진 우리에는 사나워 보이는 개 네다섯 마리가 짖지도 않고 조용히 서성이고 있었다. 가까이 가면 돌진해올 것 같은 멧돼지는 제쳐두고, 개라면……! 한 발 한 발 우리 쪽으로 다가갔다. 꼬리를 살랑살랑 흔들며 다가오리라는 예상과는 정반대로 쓱 쳐다보더니 고개를 돌렸다. 쿨한 개들이군. 다케찌만에게 이름을 물어보았다. 이름을 불러주면 이쪽으로 올지도 모르니까…….

"이름 같은 거 없어."

"네……?"

당연히 멧돼지도 이름이 없다고 했다. 멧돼지야 그럴 수 있다지만 개들은 왜……? 개들은 애초에 사냥에 데려가기 위해 그곳에 둔 것이라는데, 그중 몇 마리는 스스로 산에 들어갔다가 좀 지나면 돌아오곤 한단다. 다케찌만과 개들은 언어가 아닌 다른 무언가로 서로를 이해하고 있을 것이다. 거친 개들을 보며 우리는 "그럼 이름을 붙여줄까?" 했지만 결국 아무것도 떠올리지 못한 채 작업장을 뒤로했다.

"이제 돌아가는 길에 두릅을 따 가자……."

눈앞에 펼쳐진 논 주위에 두릅과 물냉이가 자라고 있었다. "얘들은 지들 마음대로 자라는 거야"라며 척척 뽑아서는 이쪽으로 휙휙 던지는 모습이 늠름해 보였다.

그 외에도 범의귀, 미나리, 쑥, 파드득나물도 땄다. 이렇게 얘기하면 웃을지 모르겠지만, 평소 가게에서 팩으로 포장되어 있는 채소들이 정말로 땅이 보내주는 선물이라니, 감동이다.

다케찌만은 놀랍도록 충실한 오전 시간을 보낸 우리를 채소와 함께 도자기 공방에 내려주고, 마치 아무 일도 없었던 것처럼 엄마로부터 차도 한 잔 못 얻어 마시고 휭하니 돌아갔다. "다케찌만은 말이지, 저래 보여도 꽤 부끄럼쟁이야." 채소를 한 아름 넘게 받아들고 엄마가 웃었다.

오후에는 다시 도예를 했다. 어제에 이어 적당히 굳은 찻잔의 형태를 좀더 잡아가는 작업이었다. 두꺼운 표면은 나무판을 이용해 깎아내고 아랫부분에는 굽을 만든다. 지나치게 깎다가 자칫 구멍을 내면 모든 게 실패로 돌아가므로 세심하게 작업을 해야 한다.

"도예는 말이에요, 만드는 사람의 성격과 그 사람 본연의 모습이 그대로 드러난답니다. 그렇기 때문에 어떤 의미에선 알몸을 드러내는 것처럼 부끄럽기도 하지요." 선생님의 가르침이었다.

확실히 내 작품에는 내 성격이나 모습이 그대로 반영된 것 같았다. 물레에서 특히 눈에 띄게 그런 경향이 나타났다. 무모하고 급하며 천둥벌거숭이 같은 내 작품. 그리고 점점 익숙해져 그나마 쓸 만해진 것 같은 작품. 칭찬을 받으면 기분이 좋아져 들뜬 상태를 그대로 반영한 작품이 태어났다. 만들어진 순서대로 작품을 진열해보면 누가 봐도 '아!' 하고 납득할 수 있을 것 같다. 하지만 빚어 만들기에도 이런 경향은 똑같이 나타나는 듯했다. "좀 다른 걸 만들어보고 싶다"며 내가 만든 것은 살짝 타원형인 말차 잔. 의도와는 다르게 반찬과 너무도 잘 어울리는 그릇이 탄생했다. 다시 도전할 기회가 있다면 이번에는 아마 평범한 찻잔을 만들 것 같다.

밤에는 다케찌만과 함께 뜯어온 산나물 주연의 식탁이 기다리고 있었다. 산나물은 튀김, 파드득나물은 샐러드로 변신했다. 술병에 담아 이로리(いろり, 일본 농가에서 마룻바닥을 사각형으로 도려내고 난방용·취사용으로 불을 피우는 장치)에 데워 마시는 '구운 술'도 말할 나위 없이 맛있었다. '이 순간, 바로 여기에서만 먹을 수 있는 것'들로 넘쳐나는 최고의 사치를 누렸다!

비는 이튿날 아침까지 계속 내렸고, 산책 겸 들른 고추냉이 농장에는 민물 게가 우글거렸다. "튀겨 먹으면 맛있는데." 간밤의 여운이 가시지 않은 듯한 아버지의 말에 아무런 반감도 없이 '그래, 맞아'라고 생각하는 나. 옆에 기름이 끓는 솥이 있었다면 게를 손으로 집어넣었을지도 모르겠다. 고추냉이 농장에서는 민물 게 대신 고추냉이와 상어 가죽으로 만든 강판을 샀다.

집으로 돌아오기 전 마지막 마무리로 어제보다 더 마른 말차잔에 줄질을 하여 까칠까칠한 곳이나 요철을 없애는 작업을 했다. '무모하고 급하며 천둥벌거숭이'인 나는, '신중하고 천천히 일을 진행'하는 M보다 빨리 끝냈다. 더 이상 집중이 안 돼서 에미 씨와 함께 남은 점토로 만든 이상한 포즈의 인형을 물레 위에 올려 회전시키며 그 모습을 동영상으로 찍으면서 놀았다. 어느샌가 다케찌만도 도자기 작업장으로 와서 인형을 가리키며 "이것도 구우면 좋겠네"라고 아버지에게 말했다. 아버지는 쓴웃음하게 웃으면서 "이건 구우면 머리가 달아날지도 몰라······" 하며 곤란해했다. M은 주위의 소동에도 동요하지 않고 오로지 작업에만 몰두했다.

'구운 술'을 제조하는 술병

무각거북고둥※과 비슷하다
※홋카이도 연안에서
볼 수 있는 껍질이 없는 조개

마지막까지 각자의 성격이 그대로 드러난다. 그런 것이 바로 도예일 것이다.

이 도자기 공방에 오면 실제보다 몇 배나 더 충실한 시간을 보낼 수 있다. 사람들이 바뀌며 드나들고 언제나 웃음소리가 넘친다. 사람과도 자연과도 교류할 수 있는 장소.

그로부터 2년 후, 또 다른 친구와 함께 방문했을 때는 큰 돼지 두 마리가 가족이 되어 있었다. 커다란 몸에 작고 동그란 눈이 너무나도 귀여웠다. 처음으로 돼지와 산책도 했다. 이때도 다케찌만은 산나물을 뜯는 곳에 데려가주었다. 주목적인 도예는, 빚어 만들기와 물레질뿐만 아니라 도기에 그림을 그려 굽는 작업까지 진행되었다. 밤에는 바비큐 파티를 하며 많은 사람과 모여 밤새도록 법석을 떨었다. 도저히 잊을 수 없는, 짧지만 진한 도예와 이런저런 체험이었다.

"또 올게요!"

차로 역까지 데려다준 아버지는 언제나처럼 눈이 보이지 않을 정도로 웃으며 나와 친구를 배웅해주었다. 돌아오는 열차 안에서 우리는 도쿄에 도착할 때까지 "작품이 다 구워지면 어떤 모습일까? 아, 궁금해. 또 오자, 응?"이라고 몇 번이나 말했는지 모른다.

작품이 구워져 완성되기까지는 몇 개월이 걸린다. 느긋했던 이즈의 시간들은 마치 꿈같고, 도쿄의 시간들은 빠르게 흘러

갔다.

그렇게 6개월이 지난 어느 날, 도자기 공방에서 전화가 왔다. 아버지의 딸이었다. 갑작스러운 전화에 무슨 말인지 이해하는 데 시간이 걸렸다. 아버지는 이제 돌아오지 않으신다고 했다. 아침까지 건강하게 딸을 차로 태워다주고는 몸이 좀 안 좋다며 누운 뒤로, 며칠 만에 세상을 떠나셨다고 한다. 예전에 아버지가 "언젠가 때가 되면 깔끔하게 죽고 싶다"고 말했던 걸 기억하지만 아무리 그래도 40대는 너무 이르다. 전화를 끊고 나서도 멍하니 하늘만 쳐다보며 꼼짝할 수 없었다.

식기 선반에는 아버지가 가르쳐준 대로 만든 작품과 그곳에서 구입한 아버지의 작품이 늘 얹혀 있다. 내 작품은 무모하고 급하며 천둥벌거숭이의 성격이 고스란히 드러나는 것뿐이고, 아버지의 작품에는 '투박한 상냥함과 따뜻하면서도 섬세한' 아버지의 성격이 그대로 나타난다. 나는 가끔씩 작품을 손에 올려놓고 추억에 잠긴다……기보다는 사실 매일같이 쓰고 있다. 계속 쓰고 싶게 만드는 매력적이면서도 실용적인 디자인이기 때문이다.

생각해보니 도자기 공방에 간 것은 고작 세 번이었다. 그것도 누구에게 들었는지 기억나진 않지만 무조건 가보고 싶다는, 이상한 전화를 걸었던 걸 게기로. 그런 전화를 유쾌하게 받아들여 여러 체험을 하게 해준 아버지와 이웃 사람들. 한 통

움푹하니 따뜻한
아버지의 그릇

의 전화로 시작된 이상한 만남이 둘도 없이 소중한 기억이 되었다. 영원히 잊지 못할 것이다.

호타카 성인식

놀라울 정도로
가벼운 차림의
논의 아빠

"스무 살이 되면 데려가고 싶은 곳이 있다."

절친인 논의 아버지는 10대였던 나에게 그렇게 말씀하셨다.

논과 나는 유치원 시절부터 절친으로, 20년 넘게 만나고 있다. 「완두콩 선생님」 편에서 반 편성 장난을 친 애가 바로 논이다. 나와 논은 키 차이가 무려 20센티미터 정도나 나서 주변에서 보면 오목볼록凸凹 콤비지만, 서로를 거리낌 없이 절친이라고 부르는 사이다. 그런 논의 아버지—나는 논 아빠라고 부른다—는 옛날 산악부인 반데르포겔Wandervogel, 산야를 도보 여행하는 청년 모임에 소속되어 있었다. '단단한 근육에 날씬하고 겁이 오히려 무서운!' 슈퍼 아저씨였다.

시간이 흘러 논과 나는 스무 살을 넘기고 어느덧 스물한 살이 되었다.

"올여름이야말로 가는 거다! 논, 안!"

그렇게 우리는 신슈信州, 현재 나가노현長野縣의 다른 이름의 호타카 연봉穗高連峰에 오르게 되었다. 논 아빠는 매년 이 산에 오르는데, "호타카에 올라가면 인생관이 바뀐다"고 말씀하신다. 등산 스타일은 종주 방식. 나흘에 걸쳐 산릉선을 걷는다.

북알프스인 호타카에 가기 위해서는 장비도 갖추어야 한다. 신발, 배낭, 옷 등 논 아빠에게서 받은 '준비물 목록'을 손에 들고 논과 나는 등산 용품 전문점을 찾았다. 나는 키가 커서 아무래도 여자 옷들은 길이가 맞지 않았다. 직업상 피부 노출도 최소한으로 하고 싶었기 때문에 대부분을 남성용 L 사이즈로 골랐다. 논은 여성 사이즈가 딱 맞았다. "이것도 필요할까? 저것도 필요하겠지?" 우리는 간식과 물통도 샀다. 옷들이 다 남성용이었기에 적어도 물통만큼은…… 귀여운 꽃무늬를 골랐고, 호타카로 가는 날을 손꼽아 기다렸다.

멤버는 논 아빠, 논의 오빠, 논, 나까지 네 명. 먼저 차를 타고 가미코치上高地로 향했다. 주차장 부근은 산을 오르려는 사람들과 산에서 내려온 사람들로 넘쳐났다. 8월 초였다. "태풍이 오기 전인 지금이 제일 좋다"는 논 아빠. 완전무장으로 비적거리며 걷는 나나 논과 달리 논의 아빠와 오빠는 반바지 차림으로 씩씩하게 웃으며 걸었다.

첫날 목적지는 니시호타카西穗高의 산속 오두막이었다. 등산로

입구에서 처음으로 '등산 신고서'라는 것도 써보았다. 무슨 일이 생길 경우를 대비해 작성하는 모양이었다. '무슨 일'이 생길 수 있는 산인 것이다. 여기서부터 시작되는 '보통 등산이 아닌 등산'을 하기 전에, 나는 두근거리는 가슴으로 정신을 다잡았다.

구불구불한 등산로를 올라갔다. 슬프다. 마음에 들어 고른 꽃무늬 물통을 진짜 꽃으로 착각한 곤충들이 들러붙어 애써 고른 꽃무늬를 숨기고 가야 하다니. 초록의 여름 산은 녹음이 우거져 어떤 때는 길목을 가로막기도 하고, 어떤 때는 눈을 즐겁게 해준다. "이렇게 나무가 많은 곳은 여기밖에 없어." 논 아빠가 알려주었다. 그곳을 지나면 고도가 높아져 수목한계선에 이르는데, 거기서부터 나무들은 갑자기 줄어들고 식물 종이 달라진다고 한다. 그렇게 되면 물통에 들러붙는 곤충들도 없어질 거란 생각에 나는 한숨을 돌렸다.

산속 오두막에 도착했을 때는 해가 아직 높이 떠 있었다.

"자, 첫째 날의 건배!"

우리는 식당에 모여 일단 건배하기로 했다. 요즘의 산속 오두막은 시설이 잘 갖춰져 있어, 헬리콥터로 운반된 생맥주와 와인을 마실 수 있다. 수려한 경치에 맑은 공기. 그 속에서 나누는 기가 막힌 술맛과 황홀함. 고도도 적당히 높아서 조금만 마셨는데도 취기가 넉넉하게 올라왔다. 밖으로 나가니 따뜻한 햇볕에 시늘한 산바람 흰 줄기가 불을 스쳐 기분이 좋았다. 나무편으로 구분해놓은 휴식 장소에서 제각각 눕거나 스트레칭을 했다. 해가 뚝 떨어진 뒤 저녁을 먹고 산속 오두막에서 이부자리를 펴고 잠이 들었다. 갈아입을 옷을 따로 준비하지 않았기 때문에 등산복 차림으로 누웠다. 준비된 침구는 한 사람이 겨우 누울 수 있는 정도의 크기였고, 한 방에서 여덟 명이 머리를 맞대고 자야 했다.

산에서는 자연보호를 위해 이를 닦거나 세수를 할 때도 치약이나 비누를 사용하지 않고 물로만 해야 한다. 창밖은 저녁노을로 어렴풋한 붉은 보라색을 띠고 있었다. 평소였다면 아직 깨어 있을 시간이어서 잠을 잘 수 있을지 걱정이었지만, 눈을 감았다 떴더니 어느새 아침이었다. 시계는 6시를 가리키고 있었다.

생뚱스럽지만 내 혈액형은 A형이다. 정리정돈은 잘 못하지만 여행 계획을 세울 때는 타임키퍼 역을 도맡곤 한다. 이날도 준비 시간까지 계산해서 일어났더니 논의 가족들은 아직 자고 있었다. 어디선가 본 풍경이다. 그렇다. 논을 포함해 동창생 다섯 명과 함께 교토로 갔던 중학교 졸업여행이 생각났다. 멤버는 나를 제외하고는 모두 B형이었다. 전날 함께 일어나기로 정한 시간에 일어난 나는 의욕에 넘쳐 친구들 어깨를 차례로 흔들었다. 그러자 모두가 입이라도 맞춘 듯이 "다른 애들 일어나면 일어날게!"라고 말하는 것이었다. 하나같이 그렇게 얘기하는 통에 시간이

아무리 지나도 일어나는 이가 없었다. 혈액형으로 점을 보는 것은 과학적 근거 없는 그저 가벼운 이야깃거리 정도라고 생각하지만, 논 일가는…… 모두

B형이었다.

"저기, 이제 그만 일어나야지?"

"……응, 조금 더 자도 괜찮아."

8시 반. 결국 우리는 오두막에 묵은 사람들 중 가장 늦게 출발했다. 출발 시간 때문에 이후의 산행에 명암이 엇갈리게 되리라고는 이때까지 꿈에도 생각지 못했다.

이날 목표는 오쿠호타카다케奧穂高岳 산장. 여기서부터 드디어 산의 능선을 따라 종주를 하게 된다. 이미 가랑비도 조금씩 내리고 있었기 때문에 배낭 덮개를 두르고 우의를 입은 채 걷기 시작했다. 한여름이었지만 고도가 높아 기온은 꽤 낮았다. 따뜻한 넥워머에 손가락이 노출된 장갑을 꼈다. 걸을 때는 그런대로 몸이 따뜻했지만 멈추면 금세 추워졌다.

점심은 니시호타카다케西穂高岳 정상에서 먹었다. 해발 2909미터. 사람들로 붐빌 때는 정상에 머물기가 힘들지만 늦게 출발한 탓인지 다행히 우리밖에 없어서 누구의 눈치도 보지 않고 앉아 배낭에서 주먹밥을 꺼냈다. 서서히 비도 그쳐가고 있어서 지금까지 보지 못했던 경치도 즐길 수 있었다. 산 정상에서 먹는 주먹밥은 왜 이렇게 맛있는 걸까?

"아빠, 이제 얼마나 남았어?"

주먹밥을 먹으며 논이 물었다. 몸집이 작은 논이 양손으로 주먹밥을 먹고 있으면 나람쥐가 도토리를 먹는 것 같아 왠지 귀엽다. 논의 아빠와 오빠는 이미 다 먹어치우고 지도를 펼쳐 보여주었다. 그 순간, 나와 논은 그대로 얼어붙었다.

"아직 엄-청 남았잖아……."

"이제 5분의 2 정도 왔나……?"

우리는 둘 다 꽤 걸어서 정상이라는 알기 쉬운 지점에 도착했다고 만족하고 있었다(산장까지는 얼마 남지 않았으리라 생각했던 것이다). 오늘 가야 할 길의 반 정도는 왔을 테니 이제 그만큼만 가면 산장에 도착하겠다고 생각하고 있었는데. 산행은 결코 호락호락한 것이 아니었다. 오죽하면 '인생관이 바뀐다'는 등산일까!

"괜찮아, 괜찮아!"

완전히 의기소침해진 둘을 위로하듯, 논의 아빠와 오빠는 호쾌하게 웃으며 다시 짐을 꾸리기 시작했다.

그때부터가 진짜 모험이었다. 능선을 걷다 보면 비탈길이 나오는 경우도 있다. 한 발 한 발 조심해서 걷지 않으면 눈 깜짝할 사이에 몇백 미터의 언덕 아래로 떨어지고 만다. 한 사람도 걷기 힘든 좁은 길에 쪼그려 앉아 쉬는 것이 휴식의 전부였다. 그것도 않으면 다리는 공중에 둥둥 떠 있는 상태가 된다. 이때 무심코 신발 끈을 묶는다고 몸을 숙이거나 하면 안 된다. 논 아빠는 명랑하게 말했다.

"오늘은 날씨가 별로 안 좋은데, 다행일 수도 있어. 혹시나 날씨가 너무 좋아서 경치가 다 보이면 오히려 겁이 나서 발이 얼어붙거나 아니면 경치에 취해 발을 잘못 디딜 수도 있거든."

확실히 눈 아래로는 운해가 펼쳐져

있었다. 그 아래까지 보고 싶기도 하고, 보고 싶지 않기도 했다. 그러고 보니 정상에서 기념 촬영을 한 후 거의 사진을 찍지 않았다. 전망이 나빴던 것도 있지만 무엇보다 그럴 만한 상황이 아니었다.

발 디딜 곳을 찾아 한 걸음씩 떼어놓는 것은 그냥 걷는 것보다 재미있긴 하지만 체력 소모가 많다. 만능 스포츠맨인 논의 아빠와 오빠, 대학생이면서 댄스 서클에 들어가 매일 춤을 추는 논. 논 가족에 비하면 몸을 움직일 기회가 그렇게 많지 않은 나는 흔히 말하는 보통 사람. 종주 체험이 처음인 나와 논. 어쩌면 지금 나는 꽤나 무모한 짓을 하고 있는 것이 아닐까……?

그런 생각을 한들 이미 이곳은 알프스의 한복판. 앞으로 나아가는 것밖에는 선택의 여지가 없었다.

'산 걷기'가 '산 타기'가 되고 '벼랑 오르기'와 '벼랑 내려오기'로 바뀌었다. 논의 아빠와 오빠, 논에 비하면 내가 제일 체력이 약하다. 한 줄로 걷다 보면 저절로 뒤처지게 되는데, 제일 연장자이면서도 가장 체력이 좋은 논 아빠가 뒤에서 받쳐주었다.

종주 등반은 오로지 산의 정상을 목표로 정상에 도착하면 곧장 산을 내려가는 것이 아니라, 정상에 도착하면 또 다음 산의 정상을 목표로 하여 산봉우리들의 능선을 따라 이동한다. 올라가기만 하는 것이 아니라 내려가는 일도 많다. 직선거리로는 그다지 멀지 않아도 지그재그로 행진하기 때문에 올라가는 것도 내려가는 것도 손발을 모두 사용하지 않으면 나아가지 않는다.

"삼점지지라고 하는 자세야. 이것부터 기억해야 해."

논 아빠가 알려주었다. 양손과 양발을 사용하여 벼랑을 오르내리는데 그럴 때 손발의 세 점을 반드시 안정시킨 후 다른 한 점을 움직인다. 그렇게 반복하며 진행한다. 이 동작을 제대로 하지 않으면 부석을 만났을 때 목숨이 위험해지고 만다. 부석이란 고정되어 있지 않고 흔들거리는 돌을 말한다. 지반에 단단히 붙어 있는 돌인지 부석인지는 만져보기 전까지 알 수 없다. 부석을 잡게 되면 끝장이다. 쉽게 떨어지니까. 다른 세 점이 안정되어 있으면 일단 스스로 균형을 잡을 수 있으니 떨어지는 일은 없다. 하지만 부석이 떨어지면 다른 등산객이 맞을 수도 있다. 이걸 '낙석'이라고 한다. 나는 바로 부석을 만났다. 손바닥 크기의 돌을 가까스로 잡았는데 딸깍 소리를 내며 쉽게 떨어져 나왔다. 이럴 때는 어떻게 해야 되지? 당황스러운 마음을 가까스로 다스리며 논 아빠에게 배운 것을 되뇌어보았다. 돌을 떨어뜨릴 수밖에 없을 때는 '낙석!'이라고 소리쳐야 한다. 여유가 더 없을 때는 '낙!!!'이라고만 소리쳐도 된다. 어쨌든 아래에 있는 사람에게 돌이 떨어진다는 걸 알려야 한다. ······그렇지만, 사람이 바로 근처에 있다면? 내 바로 아래에는 논 아빠가 있었다. 이럴 땐 돌을 떨어뜨리면 안 된다.

삼점지지

"논 아빠, 도와주세요! 돌이 떨어졌어요!"

손바닥으로 돌을 누르고 나머지 손발로 몸을 지탱하며 논 아빠가 오기를 기다렸다. 논 아빠는 내 손에서 돌을 잡아 안전한 장소로 던졌다. 후유, 한숨을 돌리고 다시 정신을 가다듬고는 삼점지지 자세를 유지하며 또다시 손발을 움직였다. 오싹, 등에 식은땀이 흐른 적도 몇 번 있었지만 지지점을 찾아 나아가는 것은 꽤 재미있었다.

"안이 떨어지면 낙안이라고 소리칠게. 하하하."

"하지 마세요, 무섭다니까, 정말!!!"

이런 농담을 나누는 것도 잠시, 바람이 거세지기 시작했다.

"……태풍이다." 오빠의 말에 논 아빠가 소리쳤다.

"자, 다들 힘내자!"

"뭐라고요?" 논과 나는 얼어붙었다.

비에 젖는 걸 막기 위해 씌운 배낭 덮개는 바람을 품어 팽팽히 부풀어 있다. 돛을 올리기라도 한 듯이 몸이 흔들렸다. 능선위에 대피할 만한 데가 한 군데도 없다. 양쪽 봉우리에서 불어오는 바람이 위아래 좌우로 거칠게 몰아쳤다. 비까지 섞여 발 디딘곳이 젖어 더더욱 불안정해졌다.

암석에는 가끔씩 페인트로 'ㅇ' 'ㅡ' 표시가 그려져 있었다. ㅇ방향으로 진행하면 괜찮지만 ㅡ가 그려져 있으면 아무리 순탄한길이라도 가면 안 된다. 아무런 생각 없이 '거짓말'이라고 중얼거렸더라도 ㅇ가 그려진 암석 방향이 정답이다. 쇠사슬을 타고 팔힘만으로 수직으로 내려오는 장소에서는 발이 얼어붙어 잠시 동안 움직이지 못했다.

어떡해. 어떡해. 돌아가고 싶어. 밑에는 걱정스러움과 동시에빨리 오라는 듯한 표정으로 논과 논의 오빠가 기다리고 있다. 뒤에는 '갈 수 있다!'고 격려해주는 긍정적인 논 아빠가 기다리고 있다. 한 발만 내디딜 수 있다면 어떻게든 될 것이다. 아마 갈 수 있을 것이다. 그렇지만 그 한 발이 도저히 떨어지지가 않았다. 갑자기 머나먼 도쿄의 일이 생각났다. 어떻게든 무사히 돌아가야만 한다.

부처님을 철석같이 믿고 "에잇!" 소리치며 한 발을 내디뎠다. 거기서부터는 빠르게 나아갔다. 팔에 힘을 불끈 쥐고 발로 암벽을 차서 내려간다. 논 아빠는 예상했던 대로 금세 아래로 내려왔다. 그런 암벽을 몇 번이고 넘었다.

오빠는 "왠지 열이 있는 것 같은데"라고 했다. 몸에 딱 붙는 타이츠에 등산 바지. 바람막이 우의까지 제대로 챙겨 입은 나와 논도 추운데, 반바지 차림의 오빠는 체온 조절이 어려웠던 것 같다. 그래도 산에 익숙한 그는 다부지게 선두를 지키며 걸음을 재촉했다. 선두는 발 디딜 곳을 선택해야 하는 중요한 책임을 맡고 있다. 오빠가 지나간 길을 전원이 따라가기 때문에 가장 안전한 장소를 선택해야만 한다.

오빠가 쇠사슬을 잡고 암벽을 내려가려는 순간, 몸이 바람에 흔들려 공중으로 올라갔다.

"앗!"

다음 순간 그는 쇠사슬을 잡은 채 원심력에 의해 다른 암벽에 부딪쳤다. 다행히 배낭부터 부딪쳐 아무런 상처 없이 자세를 바로잡고 다른 안전한 장소에 내려 나머지 사람들을 기다렸다. "깜짝 놀랐잖아!"라며 웃는 우리에게 그는 손을 흔들었다. 선두의 그런 모습을 본 논과 나는 두려움으로 걸음이 느려졌다. 그렇지만 '나아갈 수밖에' 없었다. 이 말을 몇 번이고 중얼거렸다. '에잇!' 소리치며 한 발을 내디딘다. 동시에 냉정히 생각하며 안전하게 암벽을 내려간다. 발에만 의존해서 가는 장소에서도 ○, × 표시가 없는지 전원이 확인하면서 몸과 머리를 잠시도 쉬지 않고 움직이며 나아간다.

"장다름gendarme, 탑 모양으로 우뚝 솟은 암봉巖峰, 아직이야?"

"장다름, 안 보이는데."

"장다름, 이제 그만 나오지……."

"이런, 장 녀석!"

나와 논은 말끝마다 장다름이라는 이름을 주문처럼 되뇌었다. 우리가 이러는 건 "장다름까지만 가면 목적지가 보인다"는 논 아빠의 말 때문이었다. 하늘 높이 우뚝 솟아 있는 암각巖角은 커다란 이정표이면서, 가장 큰 난관이기도 했다. 바람은 거세지고 태양은 어디론가 사라졌다.

"할 수 없지. 트래버스 하자." 논 아빠가 말했다.

"그렇네요. 그렇게 해요." 오빠의 말이다.

트래버스란 횡단하는 것을 의미한다. 장다름을 정면 돌파하는 것이 아니라, 그 옆을 지나 앞으로 나아간다는 것. 지금까지도 너무 무서워서 남은 장다름이 두려웠는데 어이없이 트래버스로 노선을 변경한 것이다.

하지만 "자, 이쪽이다!" 하며 가리킨 곳을 본 나는 "도대체 어느 쪽이 나았을까?" 의아했다. 엄청나게 큰 암벽에 못이 점점이

박혀 있었다. 암벽에 찰싹 들러붙어 발끝만 걸칠 수 있는 못에 의지해 옆으로, 옆으로 이동하는 것이다. 장다름보다는 난이도가 더 낮을지 모르지만 이것도 굉장한 난관이었다.

장다름은 트래버스 했다. 하지만 '말 등'이라는 이름처럼, 마치 다리를 양쪽으로 걸칠 수 있을 것 같은 좌우가 가파른 난소難所가 바로 우리를 기다리고 있었다. 발 디디는 곳은 양손을 가슴 앞에서 합장하여 팔꿈치를 어깨 넓이 정도로 벌린 만큼의 폭밖에 안 되고, 양끝은 다시 낭떠러지다. 도대체 발바닥 전체로 땅을 밟은 게 언제였지? 앉거나 모두 모여서 쉰 게 언제냐고! 필사적으로 삼점지지 자세를 유지하며 오로지 앞으로만 나아갔다.

일본에서 세 번째로 높은 오쿠호타카다케에 도착한 건 저녁 6시를 넘겨서였다. 해발 3190미터. 논과 나는 표지 옆에 털썩 주저앉아 오빠에게 사진을 찍어달라고 했다. 생각해보니 이날은 사진을 거의 찍지 않았다. 카메라를 꺼낼 수조차 없었으니까.

"자, 이제 금방이야. 논, 안, 가자!"

논 아빠가 활기차게 나와 논을 일으켜 세웠다. 그렇지, 아직 목적지가 아니지. 산속 오두막까지는 아직 조금 남았다. 긴장을 풀면 절대 안 돼! 몸은 너덜너덜, 빗발도 세지고 있었지만 다시 눈에 힘이 들어가는 것 같았다. ……아니, 그렇게 해야만 했다. 날이 저물기 시작한 것이다. 쇠사슬이 아닌 사다리가 늘어났다. 발 디딜 곳을 찾지 않아도 되지만 금속으로 만들어진 사다리는 미끄러지기 쉽다. 발 디딜 곳을 비추어야만 했기에 새로 산 맥라이트 손전등을 드디어 꺼냈다. 논은 전날 오두막에서 캄캄한 화장실, 그것도 하필이면 푸세식 화장실에 손전등을 떨어뜨려 그 자리에서 잃어버렸다. 나는 입에 손전등을 물고 나와 논이 발 디딜 자리를 교대로 비춰주었다.

40분을 걸었다. 산속 오두막의 불빛이 부드럽게 비추는 등불처럼 나타났다.

"그…… 그……"

드디어 다 왔다고 말하고 싶어도 입에 문 손전등이 방해한다. 마지막 사다리를 넘어, 손전등을 손에 쥐었다. 최대한 빨리, 그러나 위험하지 않게 오두막으로 향했다. 횡횡 부는 산바람도 오두막에 들어가 문을 꽉 닫는 순간 들리지 않았다. 차가운 바람 대신 스토브에서 나오는 보들보들하고 따뜻한 바람에 안겼다. 나와 논은 서로 껴안고 울었다. 산장 주인은 흠뻑 젖은 우리를 보고 "이렇게 늦다니, 위험해요"라고 화를 내면서도 뜨거운 카레를 가져다주었다. 어쩐지 다른 등반 팀이 보이지 않는다 했더니 우리가 제일 꼴찌였던 것이다. 먼저 온 사람들은 이미 옷도 말리고 물기 없는 눈으로 흠뻑 젖은 우리를 보고 있었다.

오두막에서 잠들기 전 잠깐의 휴식 시간에 오빠가 "이거 봐!" 하며 등산 잡지를 가져왔다. 거기에는 일본의 다양한 등반 코스가 1부터 8까지 난이도별로 분류되어 있었다. 후지산富士山은 난이도 3. 이전에 올라본 적이 있는 호오산잔鳳凰三山은 난이도 4였다. "여기 봐!" 논의 오빠가 가리킨 곳을 보니 오늘 우리가 지나온 니시호타카~오쿠호타카 코스는 난이도 8로 최고난도였다.

아마추어 등반인이 가는 코스 중에서는 일본 내에서 가장 어렵다고 했다. 목구멍을 지나면 뜨거운 것도 잊는다고, 우리가 지나온 길이 얼마나 험한 길이었는지 새삼 알게 되었다.

일정상으로는 아직 절반밖에 지나지 않은 시점이었지만, 훗날 '호타카 등반'을 떠올릴 때면 늘 이날밤에 생각나지 않았다. 그 후 우리는 한여름인데도 눈 덮인 골짜기를 지나 기타호타카다케 北穂高岳로 향했고 마지막 날은 하염없이 내려가 가라사와澗澤를 지나 평지를 15킬로미터 이상 걸어 산기슭으로 돌아왔다. 나는 평지는 자신 있어서 선두를 맡아 명예를 약간 회복했다. 고도가 내려가 난이도가 떨어져도 절대 부상을 입으면 안 된다고 되뇌며 마지막까지 삼점지지를 유지했다. 덕분에 바지와 장갑은 구멍 투성이가 되었지만 다행히 상처 없이 돌아올 수 있었다.

아무리 조심해도 사소한 불운으로 한순간에 목숨을 잃을 위험까지 있었던 이번 등산, 무모한 점도 많았다. 하지만 생각해보면 이렇게까지 나 자신과 마주해본 적이 없었던 것 같다. 기죽은 나를 격려하고 위로하고 주의하며 때로는 화를 내고 싸웠다. 논 아빠가 스무 살이 되면 평생의 삶을 위해 데려오고 싶었다고 말한 이유를 왠지 알 것 같았다. 일상에서 벗어난 곳에 자신을 둠으로써 일상을 다시 한번 돌아보고 내 생명을 바라볼 수 있었다. 그리고 함께 등반하는 동료들과 서로를 지탱하며 극복했다.

호타카 성인식. 논과 나는 좀

오구호타카 3190미터

결사의 브이

처럼 할 수 없었던 경험을 통해 조금은 어른이 되었다. 그 후 호타카에 다시 간 적은 없지만, 논 아빠는 매년 만날 때마다 말씀하시곤 한다.

"어이, 안. 올해도 가자!"

일로 만난 사람들

첫 뉴욕

어
어
어
…

2005년 가을. 뉴욕 소호의 어느 모델 에이전시.

나는 심플한 검정 탱크톱에 스키니진, 그리고 이날을 위해 새로 산 12센티미터짜리 프라다 하이힐을 신고 대표인 크리스티나 앞에 서 있었다.

"자, 걸어보세요."

지시대로 나무로 된 사무실 바닥을 똑바로 걸었다. 뉴욕 건물들은 자연 나무 그대로를 바닥재로 사용하는 경우가 많다. 보기에는 멋스럽지만 거칠기 때문에 의외로 걷기 힘들다. 크리스티나는 팔짱을 낀 채 나를 보고 있다.

"그대로, 이쪽으로 돌아오세요."

턴해서 돌아가니 크리스티나는 내 포트폴리오를 책상 위에 펼

처놓고 고개를 한 번 끄덕였다.

"안, 어서 와요! 오늘부터 잘 부탁해요."

나는 크리스티나가 내민 손을 쭈뼛거리며 잡았다.

"수줍어하지 말고, 많이 웃어야 해요."

몸을 홱 돌려 걸어가는 크리스티나의 뒷모습을 보며, 나는 방금 그녀가 말한 "수줍어하지 말고Don't be shy"란 말을 되뇌어 보았다. 역시 그렇게 보이는구나. 미소를 짓긴 했지만 소리를 내서 웃지는 않았다. 그렇지만 이 나라에서는 소리를 내어 웃는 것이 기본이구나! 일본인은 무슨 생각을 하는지 모르겠다는 말을 듣는다는 건 알고 있었지만, 정말 그렇구나! 문화의 차이를 실감했다.

크리스티나는 다나라는 한 여성을 데리고 바로 돌아왔다. 다나는 그때부터 내 매니지먼트를 맡아줄, 금발 단발머리에 커다란 머리띠를 한, 짙은 눈썹의 귀여운 아가씨였다. 조금 전에 통감한 미국의 미소 정신을 보여주는 사람이었다. 매번 소리를 내어 웃었지만, 그 소리가 가볍고 밝아서 불쾌하지 않았다. 다나는 내 포트폴리오를 뉴욕 사무실의 파일에 다시 정리해주었다. 그리고 몇 통의 전화를 건 후, 주소가 가득 인쇄된 종이를 건네주며 캐스팅 오디션에 가는 방법을 간단히 알려주었다.

"안, 파이팅, 난 당신을 믿어!"

일본어로 바꾸면 왠지 쑥스럽지만, 영어로는 자연스럽다. 어쩐지 상냥한 사람 같아서 안심이 되었다. 뉴욕 컬렉션에 도전한 첫 날이었다.

오디션 장소까지는 지도를 보며 혼자 찾아가야 했다. 하루에 열다섯 곳 이상을 돈 적도 있다. 접수 시간대와 주소를 맞춰보며 어떻게 도는 것이 가장 효율적인지 생각하고 순서를 정해 이동한다. 자연스럽게 오리엔티어링지도와 나침반만 가지고 지시점을 통과하여 목적지에 빨리 도착하는 것을 겨루는 경기이 되어 지금은 주소만 있으면 어디든 갈 수 있게 되었다. 열아홉 살에 처음으로 혼자 온 해외. 뉴욕의 거리. 관광으로는 맛볼 수 없는 경험이었다.

뉴욕의 거리는 먼지투성이였다. 녹초가 되도록 걸은 후 하루 종일 신고 있던 샌들을 벗으면 먼지 때문에 발등에 샌들 자국이 선명하게 남은 적도 있었다.

첫 오디션 결과는 예상외로 좋았다. 당시에 인형 같은 얼굴이나 동양인이 인기였거나, 초심자의 행운 같은 게 작용했는지도 모르겠다. 스케줄에는 캐스팅 오디션 외에도 피팅, 쇼 당일 일정 등이 추가되었다.

처음에는 다나에게 안나수이의 쇼를 볼 수 있는지 물어봤지만, 놀랍게도 내가 그 쇼에 출연하는 날이 왔다.

언제나처럼 하루 치 캐스팅 오디션을 끝내고 사무실로 돌아왔을 때였다. 문을 열자 남성 모델을 매니지먼트하는 크리스토퍼가 나를 보고 "여기 봐. 안이 왔어"라며 사무실 모두에게 말을 건넸다. 그리 크지 않은 회사라 사람도 많지 않았지만 거기에 있던 스태프 열다섯 명 정도가 모두 일어나 박수를 쳤다. 다들 약속이라도 한 듯이 웃고 있었다. 갑작스러운 상황에 무슨 일인지 어리둥절해하며 두리번거리고 있으니 다나가 다가와 "축하해!

당신 안나수이에 이어 마크제이콥스 쇼까지 따냈다고! 정말 축하해"라며 안아주었다. "응, 고마워"라고 말하면서도 고작 일주일밖에 같이하지 않은, 더구나 나와 직접 관련도 없는 스태프들까지 이렇게 활짝 웃으며 자신의 일처럼 기뻐해줄지 몰랐다. 쇼 출연이 결정된 것 못지않게 이렇게 모두의 축하를 받게 된 것이 몹시 기뻤다.

이듬해 봄, 나는 한 달 정도 뉴욕에 머무르며 일했다. 이번에는 호텔이 아닌 서브리스sublease, 거주자가 집을 비우는 기간 동안만 자신의 방을 빌려주는 시스템을 이용했다. 사실 서브리스는 문제도 많다. 더운 물이 안 나오기도 하고, 수도관이 파열되기도 하고, 샤워기가 고장 나서 부엌에서 머리를 감아야 하고, 주말에 하루 종일 수리하러 오기를 기다렸지만 바람을 맞는 등의 문제와 맞닥뜨릴 수 있다. 그렇지만 위치가 소호 바로 근처였다. 사무실도 가까울 뿐 아니라 활기차고 싫증나지 않는 장소였다. 일하는 시간 외에는 만개한 벚꽃을 보러가거나(뉴욕 거리에도 벚꽃이 많은 것에 놀랐다), 요가 수업을 듣기도 하고 거리를 어슬렁거리기도 했다.

뉴욕에서 친구도 생겼지만 도쿄 생활과 비교하면 역시 남는 시간이 많았다. 그런 내게 다나는 식사를 제안하기도 하고 많은 이야기를 해주기도 했다. 내 영어는 이른바 '생존 영어'로, 말을 완벽하게 하는 것이라기보다는 그저 적당히 '버틸 수 있는' 정도였다. 그렇기 때문에 다나의 빠른 영어를 가끔씩 못 알아들을 때도 있었다.

모르는 말도 분위기로

어느 날 다나가 좋은 웹사이트를 찾았다며 보여줬다. 영어 번역 웹사이트였다. "이를테면……" 다나는 화면에 'Hello'처럼 지극히 간단한 단어를 입력했다. 엔터를 누르자 화면에 일본어 'こんにちは'가 표시되었다. "어때? 이거 일본어지?"라며 다나가 기쁜 듯 물었다. "응, 맞아!"라는 내 대답에 다나는 한층 기쁜 얼굴로 "이걸로 의사소통하기가 훨씬 쉬워지겠다!"며 즐거워했다. 다나는 "흥흥, 위, 아"라고 중얼거리며 무언가를 화면에 입력하기 시작했다. "우리는 언제까지나 너를 사랑하니까." "그러니까 걱정하지 마!" "얘기 많이 해줘." 그런 간단한 영어는 안다고! 내심 투덜대면서도 일부러 일본어로 정확히 전달하고 싶어하는 다나의 상냥함에 나는 화면을 보며 '응, 응' 머리를 끄덕였다. 가슴을 찡하게 만드는 무언가가 느껴졌다. 다나는 '어때?' 하는 의기양양한 표정으로 내 얼굴을 쳐다보았다. 하고자 하는 말을 내게 전했다는 사실보다, 자기 말이 일본어로 착착 바뀌는 것을 즐기는 것 같기도 했다. 한 달간 머무는 동안, 다나의 이런 끝없는 명랑함에 큰 도움을 받았다.

이것을 계기로 파리, 밀라노 등 해외로도 진출하게 되었다.

어느 날, 그날도 변함없이 뉴욕 사무실로 출근했더니 왠지 분위기가 이상했다. 알고 보니 사장이던 크리스티나가 사무실 돈을 가지고 몰래 사라졌다고 했다. 미국 법은 주마다 다르기 때문에 뉴욕주를 벗어나면 문제가 상당히 복잡해진다. 나와 다나가 있던 사무실은 자동 해산되었다. 나는 쇼 출연료도 받지 못한 채 끝나고 말았다. 갑작스러운 상황에 입이 다물어지지 않았지만, 미국에서는 이런 경우가 큰 사건도 아니고 비교적 쉽게 일어나는 일인 듯했다.

역시 미국은 여러 의미로 호쾌한 곳이다. 대범한 반면 휘말리면 꽤나 심한 상처를 받기도 한다.

다나는 끝까지 나를 케어해줄 사무실을 찾아주었고 자신은 잠시 동안 지인의 회사를 돕기로 했다. 더 이상 다나와 함께 일할 수 없어 아쉬웠지만, 이렇게 가정적인 사무실에 있었기에 해외에서의 첫 활동을 즐겁게 할 수 있었다. 대표가 저지른 짓에 경악하긴 했지만, 자유의 나라 미국! 수줍고 명청하게 있던 내가 설마 해외에서 일을 할 수 있게 되리라고는 꿈에도 생각지 못했다. 만남은 다양한 경험을 가져다준다. 멜팅팟melting pot, 한마디로 인종의 용광로 속에 들어가 섞이는 경험이었다. 뉴욕의 새로운 사무실에서 만난 이들도 모두 좋은 사람이었다. 기회가 되면 다시 한번 미국에서 긴 시간 머무르고 싶다.

C'est Paris

엘렌

   미국 다음으로 간 곳은 프랑스였다.

   해외 컬렉션의 주요 개최지는 뉴욕, 밀라노, 런던, 파리, 도쿄다. 컬렉션에 모두 참석한다면 3개월 내내 순서대로 세계를 돌게 되는 것이다. 물론 이외에도 세계 곳곳의 도시에서 컬렉션이 열린다. 1년 동안 방문할 수 있는 컬렉션 시즌은 봄여름과 가을겨울 두 차례. 이때를 제외한 시기에는 잡지나 광고 촬영을 한다. 비교적 짧은 기간에 끝나는 일이지만 그런 일들이 1년 내내 계속된다. 나는 모델 일이 단거리 달리기 혹은 천 번 노크하기처럼 여겨진다.

   뉴욕 컬렉션을 경험하면서 일하는 데 필요한 (몇 가지) '정해진 영어 표현'도 외웠다. 듣자하니 컬렉션이 열리는 곳은 어디든 영어가 공용어라고 했다. '프랑스어는 전혀 모르지만 영어가 통용된다고 하니, 뭐 어떻게든 되겠지' 하는 마음으로 파리로 향했다.

……너무 낙관적이었다. 파리에서 만난 매니저는 엘렌이라는 여성이었다. 라틴어로 읽으면 헬레네지만 H는 발음하지 않으니 엘렌이란다. 물론 엘렌은 영어를 할 수 있다.

"잘 부탁해. 안느."

프랑스에 오면 내 이름이 프랑스어처럼 불린다는 것이 기뻤지만, 유감스럽게도 다른 영어 단어까지도 모두 프랑스어 같았다. 프랑스어의 R은 영어와 발음이 다르다. 'tomorrow'는 '투모호'가 되고 'hungry?'는 '엉그히?'로 들린다. 일상적인 대화는 그렇다 쳐도 캐스팅 오디션을 돌 때는 필요한 주소를 전화로 알아내야 했다. 그 와중에 귀는 익숙해져서 다행히 일은 차질 없이 해냈다.

파리는 20구 전체를 합해도 도쿄의 야마노테선山手線 반경 정도의 크기라고 들었다. 그 정도로 넓지 않은 공간에 오밀조밀 모여 있는 거리들. 모든 길에는 이름이 있어서 주소만 알면 지도에 붙어 있는 색인을 이용해 어디든 찾아갈 수 있었다. 이동할 때는 일단 자동차는 피한다. 택시도 좀처럼 잡히지 않을뿐더러 도보와 지하철 조합이 편하기 때문이다.

언젠가 쇼 일정이 겹쳐서 도저히 시간을 맞출 수 없는 상황이 되어, 엘렌이 자신의 차로 데려다주었다. 유럽의 좁은 골목에 꼭 맞는 '스마트'라는 이름의 이인승 소형차였다. 조수석에 후다

닥 올라타니 엘렌은 나에게 "각오해. 이게 파리 스타일이니까!"라고 말하는 동시에 액셀 페달을 힘껏 밟았다. 그 순간 몸이 공중으로 뜨는 것 같았다. 돌길 위를 달려서인지 자동차는 튀듯이 뛰어올랐다. 차선조차 제대로 그어지지 않은 교차로에서도 차들 사이를 누비며 나아갔다. 원심력 때문에 이마를 창에 부딪칠 뻔하며 이제 막 알게 된 "C'est Paris"("파리란 말이지")라고 프랑스어로 물어보니 그녀는 "위Oui"라며 웃었다. 유럽식 운전 기술에 대해서는 놀라운 점이 수두룩하지만 실제로 경험한 건 이때가 처음이었다. 최신 기술로 거리를 질주하지만 창밖의 거리는 몇백 년 동안 변함이 없다. 쇼 시간에 맞출 수 있을지 조마조마해하면서도 나는 그런 파리를 사랑하게 되었다.

파리를 경험했으니 다음 시즌에는 밀라노로 가보기로 했다.

처음 가보는 이탈리아 밀라노. 지하철 이동이 메인이었던 뉴욕이나 파리에 비해, 밀라노에서는 운전사를 채용하는 것이 일반적이다. 지도를 보고 실제로 걸어보면 길 하나하나의 간격이 다른 곳과 상당히 다르다. 파리나 뉴욕에서는 한 블록을 이동하는 데 아무리 멀어도 10분이면 되지만, 밀라노에서는 아무리 걸어도 다음 블록이 나오지 않는다. 지도의 축척이 다를 수도 있지만, 무엇보다 길의 밀도가 다른 것 같다. 바쁘지 않을 때는 지하철이나 트램을 타며, 캐스팅에는 승용차를 사용한다. 개중에는 오토바이 운전사를 채용하여 헬멧을 착용하고 포트폴리오를 안고, 오토바이에 올라타는 와일드한 모델도 있었다.

내가 소속된 모델 에이전시는 레오나르도 다빈치의 「최후의 만찬」이 그려진 산타마리아 델레 그라치에 성당과 가까이 있었다. 매니저 이름은 루차Lucia. 키가 엄청나게 크고 이목구비가 뚜렷한 남자다운(?) 미녀였다. 언제나 딱 붙는 진에 부츠를 신고 있었다. 전직 모델이었을지도 모르겠다. 여기에서 나는 '애나'라고 불렸다. 안이라는 이름은 의외로 어디를 가든 그 나름대로 순응된다는 것이 재미있다. 이탈리아식 영어는 R 발음이 말려들어간다고 하지만 프랑스식 영어에 비하면 듣기 쉬운 것 같다.

놀란 것은 루차를 비롯한 사무실 직원 모두가—아니, 이건 이탈리아인이기 때문인지도 모르지만—점심시간을 대단히 중요하게 여긴다는 점이었다. 한번은 일이 생겨 점심시간에 사무실을 찾았다. 그러자 루차가 말했다. "애나, 이제부터 점심시간에는 오지 마, 알았지?" 늘 쾌활하게 웃는 이미지였던 그녀의 말투가, 기분 탓이었을까? 강하게 느껴졌다. "으, 응…… 미안해." 나는 완전히 기가 죽었다. 그때는 용건을 들어주었지만, 그 후부터는 점심시간을 피하게 되었다. 점심시간이 되면 나도 어디선가 점심을 먹고 들어갔다. 바쁠 때는 점심도 간단히 끝내는 일본인인 나에게는 이렇게까지 점심시간을 중시하는 게 놀라웠지만, 실제로 나도 그렇게 해보니 왠지 상쾌해져서, 새로운 기분으로 오후를 보낼 수 있었다. 만약 누군가와 점심때 시간을 내어 제대로 된 밥을 함께 먹는다면 관계도 깊어질 것이다. 일할 때와는 다른 입장으로 이야기를 나눌 수 있을지도 모른다. 바쁜 걸 당연하게 여기는 일본에 전파하고 싶은 습관이었다.

최근 2, 3년은 해외 패션쇼 일을 쉬고 있다. 일본에서의 일, 세계정세 등 여러 이유가 있지만, 어쨌든 지금은 일본에서의 활동을 주로 한다. 지금도 가끔씩 "모레" 혹은 "다음 주"라는 연락이 오기도 하지만, 모두 너무 급박해서 맞출 수가 없다. 요전에는 도쿄에 있는데 뉴욕의 매니저로부터 3일 뒤에 열리는 루이비통 쇼의 출연 제의가 들어왔는데 올 수 있냐는 연락을 받았지만 도저히 갈 수 없었다. 일본은 해외와 비교하면 시간적 여유를 두고 섭외가 들어온다. 특히 패션 업계가 그런지는 모르겠지만, 해외는 쇼 직전에 섭외를 제안할 때가 많다. 일본과는 일하는 스타일 자체가 다른 듯하다. 하지만 어느 쪽이든 꽤 재미있다. 양쪽 모두를 경험할 수 있다는 건 정말 행운이다. 해외 사무소에 갈 기회는 많이 줄었지만 지금도 매니저들과는 가끔씩 연락을 하고 지낸다.

모델은 항상 바뀌고 세계 곳곳에서 모이고 흩어진다. 진정한 의미에서 평생 모델 일을 한다는 건 불가능할지도 모르겠다. 패션이나 모델은 흘러가는 것이다. 그렇기 때문에 한 순간 한 순간을 소중하게 보내고 싶다.

밀라노의 루차는 내 생일이 되면 항상 메일을 보낸다. "차오, 벨라Ciao Bella. 우리 모두의 키스를 보냅니다"라는 짧은 구절이 쓰여 있다. 이탈리아와 내 인연의 깊이일지도 모른다. 파리의 엘렌으로부터는 다른 사무실로 옮겼다는 연락이 왔다. 뉴욕의 다나도 다른 일반 사무직으로 옮겼

매니시한 루차

다고 한다.

패션 업계는 '일생에 단 한 번 만나는 인연, 후회 없도록 잘 대하라 一期一会'는 말이 딱 맞는 곳이다. 머물러 있는 것은 아무것도 없다. 항상 무언가 움직이는 가운데 한순간일지 평생일지 알 수 없는 만남을 계속해서 반복하는 날들. 다시 생각할 때마다 어쩜 그리도 밀도 높은 날들이었던지. 여기에 다 적지 못할 만남들을 해외에서 모델 일을 하며 얻었다. 아직은 모델을 계속하고 싶다. 순간순간을 잘라내는 이 일을 할 수 있어서 정말 다행이다. 세계 어딘가에서 각자의 시간을 살고 있는, 예전에 일로 만난 사람들. 다시 함께 일할지도 모르고 다시는 만나지 못할지도 모른다. 그 정도로 세계는 좁고 또 넓은 곳일 것이다.

신기하게도 사무실마다 개가 있었다

뉴욕

파리

화낼 줄 아는 아저씨

오쿠라 선생님

2008년 봄. 라디오 프로그램 섭외가 들어왔다. 프로그램 이름은 「북바Book Bar」.

'롯폰기六本木 어딘가에 있는 회원제 바에 모인 남녀가 오늘밤도 책을 안주 삼아 잡다한 이야기를 펼친다'는 설정의 프로그램이다. 나는 바에 온 여자로, 한 주에 한 권씩 자유롭게 책을 골라 가지고 온다. 같은 방식으로 책을 가지고 오는 남자는⋯⋯ 기획서를 보니 '화낼 줄 아는 아저씨, 오쿠라 신이치로大倉眞一郎' 선생님이었다.

대형 광고 대리점에서 근무하던 중 다양한 사업 기획에 참여했고, 「북바」의 방송사인 제이웨이브J-WAVE의 창립도 도운 분이다. 지금은 배낭 여행자로, 한 손에 카메라를 든 채 여러 나라를 여행하며 여행 에세이도 출간하고 있다. 특이한 수식어는 어떤 이야기라도 기탄없이 따끔한 비평을 하기 때문에 붙은 것이라고 한다. 기획서에는 사진도 있었는데, 가늘고 예리한 눈빛을 가려주는 안경 낀 모습이 도조 히데키東條英機를 닮았다.

"프로그램은 안과 오쿠라 씨가 가져온 책을 바탕으로 자유롭게 한 시간 동안 이야기하는⋯⋯그런 콘셉트야." 프로그램 기획 미팅에서 감독이 설명했다. 이 미팅 때 오쿠라 선생님은 없었다. "지금 캄보디아에 계신 것 같은데 연락이 안 돼서 가족들에게 연락을 부탁드리기는 했어. 다음 주 녹화에 차질 없도록 와주셔야 할 텐데⋯⋯."

주요 인물인 '화낼 줄 아는 아저씨'는 여러 나라를 유랑하느라 돌아오질 않는다. 첫 녹화나 무사히 치를 수 있을지 걱정이었다. '이제부터 우리 둘이서 프로그램을 진행하는구나⋯⋯.' 왠지 선생님에 대한 무서운 이미지만 남은 채 불안한 마음으로 첫 회를 위한 책 고르기에 들어갔다.

첫 회의 테마는 '여행에 가져가고 싶은 책'이었다. 그때 나는 마침 얼마 전 다녀온 뉴욕에서 읽은 『텐쇼인 아쓰히메天璋院篤姬』를 소개하기로 했다. 오쿠라 선생님은 토마스 만의 『마의 산』을 가져왔다. 다행히 오쿠라 선생님은 무사히 귀국했다. 캄보디아의 시아누크빌에서 이 기획에 대해 듣고 부랴부랴 귀국했다고 한다. 기획서에서 본 무서운 이미지와는 정반대로 직접 만나본 오쿠라 선생님은 박학다식하고 위트 넘치는 입담으로 책을 다채로운 관점에서 풀어내는 분이었다. 오쿠라 선생님은 일주일에 네

권 이상의 책을 읽는다고 하니, 이틀에 한 권 이상을 읽는 속도다. 나는 읽는 속도가 일정하지 않고 만화도 좋아해서 집에서는 만화만 읽는다.(그러다 보니 프로그램에서 만화 특집이 기획되면 갑자기 의기양양하게 나서는 경향이 있다.) 선생님은 무엇이든 물어봐도 모르는 것이 없을 뿐 아니라, 거기에 자신의 의견까지 날카롭게 표명한다. 그리고 나와 서른 살가량 나이 차가 나는데도 나를 아이 취급하지 않고 어엿한 한 사람의 인격체로 대한다.

이전에 평일 아침 생방송 라디오 프로그램을 진행했던 만큼, 오쿠라 선생님은 이야기를 정말 재미있게 하고 목소리도 근사하다. 반면 라디오는 처음이나 마찬가지인 나는 초기에 갈피를 잡지 못했다. 무엇보다 맞장구치는 방법을 몰랐다. 평소와 같이 아무 말도 하지 않고 고개만 끄덕이면, 소리로 전달되는 라디오에서는 아무런 의미도 없다. 그렇다고 번번이 '네, 네' 하는 것도 좀 시끄럽다. '응, 응' 하는 건 손윗사람에게 실례다. 고민 끝에 내가 선택한 방법은 '흠, 흠'이었다. 지금이야 '응, 응'과 '흠, 흠'의 중간쯤 되는 딱 적당한 느낌으로 자리 잡았지만, 처음에는 확실하게 '흠, 흠' 하고 소리를 냈는데, 이 소리가 뭔가 절묘하게 들렸는지 도대체 그건 뭐냐는 청취자의 편지도 몇 번 받았다. 이 책의 제목인 『안의 흠흠』도 사실은 여기에서 유래된 것이다.

오쿠라 선생님 이야기로 돌아가자. 오쿠라 선생님은 나를 어린 아이 취급하지 않았지만, 오히려 가끔씩 선생님 자신이 어른답지 못한 모습을 보이기도 했다. 출판사에서 제작진에게 신간을 보내주는 경우가 있다. 받는 사람은 '북바 님'이므로 갖고 싶거나 관심 있는 책을 둘이서 나누어 가진다. 선생님은 재빨리 자신이 흥미 있는 책을 고른 후 나머지 책을 "이게 안에게 좋을 것 같아서"라며 내게 건넨다. 다양한 장르의 책을 받으며 "예에?" 의아스럽게 선생님을 바라보면, 선생님은 그때마다 화제의 소설 등을 안고 있는 것이다. "와, 치사해. 선생님, 유치해요!"라고 하면 선생님은 "헤헤헤, 읽고 싶었어?"라며 모른 척한다.

"아니요, 선생님 가지셔도 괜찮긴 한데!"

"어? 괜찮다고? 아~ 그렇구나."

선생님은 재빨리 가방에 책을 집어넣는다.

책을 나에게 보여주면 꼭 한마디 들을 것을 알면서도 선생님은 매번 가져가기 전에 책을 보여주고, 절대 몰래 가져가지 않는다. 물론 내가 가끔씩 선생님에게서 책을 뺏을 때도 있지만.

그리고 선생님은 노래방을 엄청나게 좋아한다. 프로그램 스태프들과 함께 노래방에 가면 반 이상은 선생님과 나의 마이크 뺏기 전쟁이다. 선생님은 오랫동안 런던에 체류했기 때문에 전곡을 부를 수 있을 정도로 비틀스의 팬이고, 나도 그 정도까지는 아니지만 비틀스를 엄청나게 좋아한다. 마이크 뺏기는 가끔 비틀스의 난해한 곡 부르기로 발전하기도 한다. 내가 비틀스를 부르면 선생님은 "오- 그렇게 나온단 말이지? 그렇다면 다음 곡은

이걸로 하겠다!"라며 내가 부른 것보다
더 난해한 곡을 예약하고 열창하는 것
이다.

　이런 「북바」 방송을 오픈한(우리는 이렇게
말한다) 지도 벌써 2년 반, 150회를 넘어서고
있다. 한 번도 쉬거나 방송 사고를 낸 적 없이 한 주에 한 권의 책
을 소개한다는 게 가끔 힘들 때도 있지만, 내 자신에게도 굉장히
좋은 경험이 되고 있다. 단지 읽는 것만으로 끝내는 것이 아니라,
책 내용을 짧고 간략하게 소개하기도 하고 거기서 이야기를 파생
시켜가는 기술도 배우게 되었다. 책에서뿐만 아니라 오쿠라 선생
님에게 배운 것도 많다. 어쨌든 서로가 자신의 자리를 지키며 꾸
준하게 2년 반 동안 대화를 이어온 건 놀라운 일이다.

　이야기는 꼬리에 꼬리를 물고 계속되었다. 그중에서도 늘 내
가 기다리는 것은 오쿠라 선생님의 과거 연애담. 매번 다른 이야
기(처럼 느껴질 뿐일지도 모르겠다)여서, 그때마다 "고등학생 때는?
대학생 때는?"이라고 물어보고 싶었다. 그러면 선생님은 "내가
또 왜 그런 얘기를 해야 하는데?!"라며 투덜대면서도 이야기해주
었다. 실제로 선생님과 학창 시절 교류가 있었던 여성분으로부터
"라디오 들었어요"라며 20년 만에 연락이 온 적도 있었다. 라디
오의 힘인지 책의 힘인지. 아니면 운명……? 오해가 없도록 덧붙
이자면 선생님은 귀여운 딸도 있고 행복한 가정도 꾸리고 있다.
언젠가는 "처음으로 제가 아닌, 딸이 칭찬한 책을 소개하겠습니
다"라며 『도서관 전쟁圖書館戰爭』이라는 책을 가져왔다. 그림책 특

집 때는 최근 처음으로 읽은 『100만 번 산 고양이』를 소개하려고 준비하고 있었더니, 부인으로부터 "그거, 누구나 다 아는 엄청 유명한 책이잖아요!"라는 핀잔을 들었다고 한다. 길거리에서 고양이를 만나면 갑자기 말투를 바꾸어 다가갈 정도로 고양이를 좋아하지만, 집에서 기르는 고양이에게는 미움을 받아 자주 공격을 받는다고 한다. '화낼 줄 아는 아저씨'도 집에서는 '평범한 아저씨'인 모양이다.

하지만 이런 선생님도 하마터면 이혼할 뻔한 위기가 있었다고 한다. 이유는 '국수' 때문이었다. 선생님은 면을 너무나도 사랑한다. 방송을 할 때 공복이면 배에서 소리가 나기 때문에 나도 방송 전에 꼭 뭔가를 먹고 들어가는데, 선생님에게 "뭐 좀 드셨어요?" 하면 대개 면을 먹었다고 한다. 그는 세계를 유랑하며 각국의 면을 먹는다. 그러니까, 계속 면만 먹어도 좋을 정도로 면을 사랑하는 것이다. 예전에는 1년의 대부분을 삼시세끼 면만 먹고 지냈다고 한다. 그런 생활에 부인이 견딜 수 없었던 것이다. 갑자기 "이혼, 합시다" 했단다. 선생님이 놀라 이유를 묻자 매일 매끼 면만 먹는 데 정나미가 떨어졌다고 했단다. 면은 누구나 좋아하는 식탁의 주인공임에는 틀림없다. 하지만 그게 매끼라면? 도저히 상상할 수 없다. 담담히 이야기하는 선생님을 보며 나도 모르게 웃어버리고 말았지만, 부인에게는 심각한 문제였을 것이다. 지금은 방송 중에 계절 음식 이야기가 나오면, "지금 계절로 말하자면 역시 그거죠, 그거"라는 선생님에게 "어차피 또 면이죠?"라고 선수를 친다. "안, 내가 언제나 면만 먹는다고 생각하면 오산이야!"라고 하는 걸로 봐서는 평소 먹는 면의 비율은 딱 좋은 정도가 되었나 보다.

　오쿠라 선생님은 멋쟁이다. 머리숱은 좀 적지만 굉장히 멋있다. 언젠가 머리가 길었던 고교 시절 사진을 보여준 적이 있었는데, 역시 지금이 멋지다. 다른 머리 모양은 상상이 안 된다. 그 정도로 지금 스타일이 정착돼버렸고 나는 지금의 시크한 선생님이 좋다. 하지만 선생님은 가끔씩 일부러 자신의 머리를 트집 잡곤 한다. 나는 아무래도 '헤어스타일 이야기'가 취향인가 보다. 언제나 재미있다. 사실 아직도 내 웃음 포인트는 초등학생 수준일지 모르겠다. 블로그에 올리려고 디지털카메라로 방송하는 모습을 찍는데 "플래시를 켜면 여기저기서 빛이 반사되니까 하지 마!"라든가, "늘 가는 미용실의 정해진 선생님이 아니면 내 머리에 손도 못 대!"라며 자랑하는 선생님에게 스태프가 "자를 데도 없는데요, 뭐"라고 냉정하게 딴지를 걸 때마다 나는 숨도 못 쉬고 눈물을 흘리며 포복절도! 배를 껴안고 한동안 일어서지도 못한 채 웃어댄다. 선생님은 "안, 너무 좋아하는 거 아니야?"라고 씩씩대지만, 나도 어쩔 수 없다. 멋있는 선생님이기 때문에 더 재미있다. 웃으면 안 되는 상황에 웃음을 참지 못하는 것과 비슷하다.

　이렇게 선생님과 나는 가끔 서로 딴지를 걸고, 걸리는 사이다. '뭐라는 거야? 질 수 없지!' 생각히면서도, 힌편으로는 '역시 대단하네' 하고 감동하기도 한다. 서른 살 가까운 나이 차는 도무지 느낄

숨막히는 웃음

수 없다고 어린 내가 말하는 것은 실례일지도 모르지만, 2년 반, 일주일에 한 번, 한 시간씩 꾸준히 이야기를 나누는 관계란 좀처럼 찾기 어렵다. 「북바」가 언제까지 계속될지는 모른다. 하지만 계속되는 한 우리 이야기도 막힘없이 흘러가고, 이 이상한 균형의 관계도 변하지 않겠지. 매주 토요일, 오늘 밤도 바의 문이 열린다. 그나저나 '화낼 줄 아는 아저씨'란 건 도대체 누구 생각이었을까?

　*「북바」는 2014년으로 7년째를 맞았고 방송은 해가 바뀌면 통산 350회가 됩니다. 2019년 3월 30일을 마지막으로 방송은 종료되었다. 2008년부터 11년간 1000여 권의 책이 소개되었다.

열혈 골프 레슨

'페어웨이 달리기'   비밀 기술

초등학생 때 나는 야구를 했다.(「투수 탁탁 씨」 편 참조) 그 흐름에 따라 중학교에 들어가 시작한 것이 골프. 야구에서 골프라니, 프로 선수 같군? 시즌 오프에 골프라…… 폼 좀 나는데!

하지만 사실 야구부에는 여자가 들어갈 틈이라곤 없어 보이기도 했고, 무엇보다 친구인 무사봉ムサボン이 골프부 가입을 권했기에 골프를 선택했다.

무사봉은 어릴 적부터 남자 못지않게 씩씩했는데, 뭘 배울 때마다 소극적인 나를 끌고 가는 버릇이 있었다. 그럼에도 땡땡이 치는 쪽은 언제나 무사봉이었다. 늘 그랬듯, 이때도 무사봉에게 이끌려 골프부로 견학을 갔다. 그리고 돌아오는 길에 그녀는 내게 골프 잡지를 보여주며, 골프를 하는 사람이 얼마나 멋진지를 설명했다. 그런 분위기에 휩쓸려 집에 돌아와 부모님께 "골프부를 견학했다"고 보고했다.

그 순간 부모님의 눈이 반짝 빛났다. "그렇지! 그렇지! 골프 좋지. 사회에 나가서도 도움이 많이 될 거고. 야구를 한 것도 분명 도움이 될 거야." 그렇게 말하는 아버지의 손에는 플레이스테이션 리모컨이 쥐어져 있었다. 몇 번이고 클리어했는데도 지겨워하기는커녕 푹 빠져버린 '모두의 골프'를 하고 있었다. 물론 휴일에는 진짜 골프를 치러 나갔다. 아버지가 골프를 권한 건 딸의 장래를 위한 조언이었다기보다는 단지 자기 취미를 전파하고 싶었던 것이었는지도 모르겠다. "으음, 골프부란 말이지……." 골프부에 가입한 것은 그냥 어쩌다 보니 그렇게 된 것이었다.

그런데 골프부에 들어가 보니 웬걸, 무사봉은 정작 거기에 없었다. 이상해서 그녀를 찾아가니 "앗, 미안! 음- 뭐랄까, 농구가 더 재미있을 것 같아서 농구부로 했지, 뭐"란다. 무슨 냉장고에 있던 푸딩 내가 먹어버렸어! 하듯이 가벼운 말투로. 더구나 농구부로 마음이 바뀌었다는 걸 알려주는 것도 잊은 채, 이미 머릿속은 온통 농구 생각으로 가득한 것 같았다. 이미 늦었다! 재고의 여지없음! 나는 이미 가입 등록을 마치고 정식 부원이 되어 있었던 것이다.

야구에도
'티 배팅'이
있었다

부원은 스무 명 정도. 남자가 80퍼센트. 여자는 1년 선배가 두 명, 나와 동급생이 한 명 더 있었다. 대회 출전을 위한 활동은 없었고, 지도 선생님은 야구부 지도를 겸임했다.

골프부는 선생님들이 골프를 좋아해서 만든 게 아닐까 의심스러울 정도로 조용했다. 네트를 친 옥상에서 그저 바구니에 든 공을 친다. 부원들의 바구니가 텅 비면 치기를 멈추고 공을 부지런히 줍는다. 그리고 다시 치고 줍는 것의 반복…… 대학생이 된 학교 선배가 와서 코치를 맡아 지도해주었다. 각자 목표를 정하고 어프로치 연습을 하는 사람도 있었고, 과감하고 상쾌하게 공을 날리는 부원도 있었다. 여자들은 하나같이 바닥에 앉아 무릎을 세워 양팔로 감싸고는 주로 수다를 떨었는데 그 와중에도 타석을 확보하여 한 사람은 공을 쳤다. 몇 개의 공을 치면 교대. 여자 부원은 네 명뿐이었기에 타석과 대화가 딱 좋은 타이밍으로 돌아갔다.

그렇게 해도 경쟁이라든가 격렬한 움직임과는 전혀 관련 없는 활동이었다. 팀 대항 대회에 출전할 만한 부서에 들어갔다면 내 느긋한 성격도 조금은 바뀌었을지 모르겠다.(나는 인터뷰에서 "잘 못하는 건 뭐죠?"라는 질문을 받으면 빠르게 움직이는 거라고 대답한다.) 비가 내리는 날에는 교실에 모여 골프 규칙에 대한 강의를 들었다. 코스를 돌 수 있는 기회는 여름방학 합숙과 겨울방학 원정 두 차례뿐이었다. 카트는 사용하지 않고 캐디백을 메고 페어웨이를 뛰었다. 이렇게 하면 골프 클럽을 바꾸기 위해 다시 카트로 가야 하는 수고를 덜 수 있어 꽤 편리했다. 타수가 많은 초심자에게는 적합했는지도 모르겠다.

성인이 된 지금은 카트를 타지만 그래도 페어웨이를 달려서 이동하는 습관은 여전하다. 그렇다. 나는 아버지의 예언대로 사회인이 된 지금도 스코어는 형편없지만 골프를 계속하고 있다.(맹렬한 페어웨이 달리기는 함께 나간 사람들을 놀라게 하긴 해도 꽤 호평을 받는다.) 그들에게 예전에 골프부였다고 말하면 다들 깜짝 놀란다. 어쨌든 골프 구력만큼은 착실히 쌓이고 있는 거니까. 단, 너무 큰 기대를 할 수도 있기 때문에 라운딩을 시작하기 전에는 말하지 않는다.

그래, 이렇게 골프부였다는 걸 밝히기 힘들 정도로 내 골프 기술은 칭찬할 만한 것이 못 된다. 워낙 다른 사람들과 시간을 맞추기 힘든 직업이기 때문에 라운딩은 1년에 한 번 정도, 그것도 연습 없이 나간다. 그래도 야구를 한 경험은 확실히 골프에 도움이 됐다. 멈춰 있는 공이라면 맞출 수 있으니 헛스윙을 하지는 않는다. 스윙의 속도와 힘도 있으니 비거리가 꽤 된다. 하지만 퍼터에서 엉망이다. 2온을 한다고 하더라도 세븐 퍼팅을 한다든가, 그린 주변을 왔다 갔다 하는 일도 허다하다. 전반 홀이 끝나면 무심코 맥주를 마셔버려서 후반 스코어가 제대로 나오지 않을 때도 있다(이건 자업자득).

이런 내게 골프 잡지에서 연재 제의가 들어왔다. 프로에게 직접 골프를 배우고, 그 내용을 연재한다는 꿈만 같은 기획. 나는 빛의 속도로 수락했다.

레슨을 해줄 선수는 아오야마 가오루青山薫 프로. 얼핏 보면 무서운 얼굴이지만 열성적이고 재미있는 사람이었다.

첫 레슨은 좀 쌀쌀하긴 했지만, 푸른 하늘에 풍덩 빠질 것만 같은 기분 좋은 날이었다. 골프장에 도착해 곧장 레슨을 시작했을 때, 내가 칭찬을 받은 건 기술이 아닌 우렁찬 대답이었다. 애당초 기술로 칭찬받고 싶어하는 게 잘못이지만.

더구나 중반쯤 되면 한 손으로 스윙을 하는, 나도 몰랐던 꽤나 이상한 습관이 있다는 걸 알게 됐다. "한 손으로 치는 건 이론상으론 맞지만, 잘못된 거예요. 보기에도 안 좋고."……'아가씨가'까지는 말하지 않았지만 아오야마 프로는 그렇게 활달한 분이었다. 재미있는 게 있으면 우하하하 하고 호쾌하게 웃는다. 아저씨 카메라맨이나 청년 편집자와 나누는 묘하게 험한 '애정의 대화'를 옆에서 듣고 있자면 자꾸만 웃음이 터진다. 가르쳐주는 자리에서는 아, 그렇구나! 이해할 수 있지만, 그것을 지면으로 편집해 문자와 사진으로 설명한다는 건 꽤 어려운 일이다. 레슨 전에 강의 내용을 미리 맞춰두어도 "밖에 나가서 클럽을 잡아보지 않으면 모르는 일"이라며 뛰쳐나가는 프로. 그런 프로에게 불평을 하면서도 뒤를 쫓아가는 두 사람. 사진으로 설명할 때는 "제대로 찍어!" "피사체로 어울리지 않는 사람이 하나 있어서 말이야!" 등등 서로 말싸움하는 것이 재미있다. 나는 금세 이 일이 좋아졌다.

그렇지만 이 기획은 단기 연재였다. 눈 깜짝할 사이에 촬영과 레슨이 끝나고 밀었다. 중요한 내용만 입축해놓은 기획이었다. 나는 눈에서 비늘이 떨어지는 듯한目から鱗が落ちる, 어

아오야마
프로

그의 제자

떤 일을 계기로 지금까지 몰랐던 것을 갑자기 깨닫게 된다는 의미 경험을 몇 번이나 하게 되었다.

레슨은 골프장에 있는, 라운딩 전에 공을 칠 수 있는 연습 그린을 이용했기 때문에 실제로 코스에는 나가지 않았다. 아오야마 프로에게서 배운 테크닉을 아직 써먹지 못한 것이다. 실전이야말로 실력을 늘리는 지름길이라고들 한다. "머릿속에서부터 이해하지 않으면 안 돼요. 그리고 이해한 걸 잊어버릴 정도로 몸에 익혀서 무의식적으로 나오게 해야죠." 레슨을 하면서 배운 말들은 내 일에도 적용될 수 있는 격언이었다.

촬영을 끝낸 후 아오야마 프로는 프로의 오리지널 공을 건네며 연락처를 적어주었다. "모르는 게 있으면 언제든 연락하시게, 제자." "넵, 선생님!" 우리는 헤어질 때까지 스포츠 만화 같은 관계였다. 그렇게 아오야마 프로는 오렌지빛 석양 속으로 사라졌다.

다음에 나는 언제쯤 라운드에 나가게 될까? 그때까지 배운 내용을 잡지를 보며 반복해보려고 한다. 기회를 봐서, 이동에 사용하는 업무용 차에도 골프 클럽을 숨겨둘 궁리를 해본다.

데쓰코 선생님

귀여운
평화 ♡

'데쓰코 선생님_{안의 아버지 와타나베 겐渡邊謙은 일본의 유명 배우로, 구로야나기 데쓰코黑柳徹子 씨와 예전부터 알고 지낸 사이인 듯하다}'과의 가장 오래된 추억은 어린이용 시계를 선물 받은 일이다. 만나고 얘기할 기회는 많았을 텐데도 제일 먼저 떠오르는 건, 벨트에 세계 각 민족의 어린이들이 손을 잡고 나란히 서 있는 일러스트가 그려진 시계다. 문자판에는 지구가 그려져 있었던 것 같다. "데쓰코 씨는 말이야, 전 세계 어린이들을 위해서 일하고 있어." 부모님의 이야기에 손에 있는 시계로 눈을 돌리며 '와' 대단하다고 생각했다.

데쓰코 선생님을 다시 만난 건 그보부터 15년이 흐른 뒤였다. 스물두 살 때로, 내가 처음 「데쓰코의 방」_{데쓰코가 아사히 TV에서 진행하는 토크 프로그램}에 출연하게 됐을 때였는데, 긴장과 즐거움으로 가슴이 터질 듯했다. 스튜디오에 들어가 먼저 데쓰코 선생님의 대기실로 인사하러 갔다. "데쓰코 선생님. 저 안이에요. 기억하세요……?" 머뭇거리며 여쭤보자 "어머, 얘. 물론이지! 오늘 잘 부탁해"라며 상냥하게 말을 건네주셨다. 그러고 나서 나는 데쓰코 선생님께 선물로 초콜릿을 드렸다. 데쓰코 선생님은 우리 아버지가 스물아홉 살에 병으로 쓰러졌을 때, 제일 좋아하는 초콜릿도 끊고 치유를 위해 기도해주셨다고 한다. 어린 시절에 그 이야기를 들은 것이 기억나, 데쓰코 선생님께 맛있는 초콜릿을 드리고 싶었다. 데쓰코 선생님은 생긋 웃으며, "고마워. 그런데 이거, 먹어도 돼?"라며 지금까지도 아버지를 마음에 걸려했다.

첫 녹화는 약간 변칙적이었다. 패션쇼 무대가 설정이어서, 늘 있던 거실 분위기의 세트도 치우고 마치 런웨이처럼 워킹을 하며 시작했다. 앉는 곳도 소파가 아닌 하이체어로 준비되었다. 이야기는 데쓰코 선생님이 이끌어주었고, 순식간에 재미있게 시간이 흘렀다. 녹화 도중 오빠의 결혼을 말씀드렸다. 어릴 적부터 오빠를 봐온 데쓰코 선생님은 매우 기뻐하셨다. 마지막에 선생님은 짧은 머리의 초등학생인 내가 노래방에서 「거인의 별巨人の星」을 부르고 있는 사진을 슬그머니 꺼내 "안은 어렸을 때 야구를 했다죠? 노래방에서 「거인의 별」을 부른 것도 그래서인가요?" 물었고, 대답을 하려는 순간, 루룰루 루루루 루룰루 엔딩 테마곡이 흐르기 시작했다. "앗, (창피해)…… 그(건 말이죠)……." 긍정도 설명도 아닌, 허둥대는 모습으로 녹화는 끝나고 말았다.

대기실로 돌아오자 데쓰코 선생님은 내게 메모를 건네주었다.

거기에는 선생님의 이메일 주소가 적혀 있었다. 아기 때부터 알고 지냈다고는 하지만 제대로 이야기를 나눌 기회는 없었기 때문에, 이메일 주소를 알려주신 것이 너무도 기뻤다. 그날 밤 바로 메일을 보냈더니 곧장 답장이 왔다. 선생님의 메일에는 구두점이 없고 단어들 사이에 띄어쓰기가 되어 있어_{일본어는 띄어쓰기가 없고 쉼표나 마침표로 문단을 구분한다} 왠지 시를 읽는 듯한 똑똑 떨어지는 따뜻한 울림이 있다. 디지털 문자인데도 인격이 드러나다니, 놀라울 따름이었다. 그 후에도 계속 메일을 주고받았는데, 언젠가 일 때문에 상하이에 간다는 메일을 보냈더니 "한동안 가지 않았지만"이라며 상하이에서의 추억을 이야기해주셨다. "중국에서 누구나 아는 노래를 외워서 중국어로 불렀어. 간주가 흐르는 동안 경극 대사를 다모리_{일본의 유명 방송인이자 배우} 씨 스타일로 했더니 관객들이 빵빵 터졌고, 의자에서 떨어진 사람도 있었지."

그 메일을 주고받을 때만 해도 2년 뒤에 함께 상하이에 가게 되리라고는 생각지도 못했다. 상하이엑스포의 재팬위크 중에 경제산업성 주최로 개최된 이벤트 '코페스타인상하이_{Co Festa in Shanghai}'에 선생님과 함께 출연하게 된 것이다. 테마는 '귀여운 평화', 중국어로는 '커아이더핑허'. 그 상징으로 나는 서양의 천사 날개와 동양의 선녀 같은 날개옷을 입고 포스터를 촬영했다. 이벤트에서는 그 차림 그대로 무대에 올랐다. 출빌 직전, 네쓰코 선생님과 함께 중국어 노래 「초원의 연가_{草原情歌}」를 부른다는 걸 알았다. 그렇다. 예전에 메일을 통해 말한, 선생님이 옛날 상하이에서 불렀다던 바로 그 노래다. 어이쿠, 큰일 났네, 생각하면서도 연습할 시간조차 제대로 갖지 못한 채 상하이로 출발하는 날이 다가왔다.

일정표에는 비행기 편명과 좌석, 그리고 그 옆에는 '데쓰코 선생님 옆자리'라고 적혀 있고 밑줄까지 그어져 있었다. 굳이 그렇게 써놓은 걸 보고 살짝 긴장했지만, 상하이까지 가는 세 시간 동안 선생님과 쉴 새 없이 수다를 떨다 보니 눈 깜짝할 사이에 도착했다. 수하물 보관소에서는 유난히 애교가 넘치는 마약 탐지견이 가벼운 발걸음으로 나타났다. 개의 몸에는 '공작견工作犬'이라고 적힌 띠가 감겨 있었다. 중국에서는 직원들을 '공작원'이라고 하는데, 일본어 뉘앙스와 많이 달라서 조금 당황한 우리는 공작견이라는 게 왠지 이상해서 그에 대해 한참을 이야기했다. 그 후에도 선생님은 하루 종일 중국에서는 공작견이라고 한다며 일본의 지인들에게 전화를 걸고 메일을 보냈다.

상하이에서는 버스로 이동했다. 버스 안에서도 선생님은 계속 직원들에게 말을 걸었다. 한심하게도 나는 이동 중에 자는 게 거의 습관이 되었는데, 그때도 "그렇지? 안?" 하며 돌아보다 자고 있는 나를 보고는 "어머, 자는구나!" 하고 다시 이야기를 이어갔다고 한다. 맞다, 선생님은 엄청나게 건강하시다. 이벤트는 이틀 뒤로, 비교적 여유로운 스케줄이어서 호텔로 돌아간 후 자유 시간 동안 나는 방에 틀어박혀 낮잠을 자거나 책을 읽거나 원고를 썼다. 하지만 선생님은 역시 틈만 나면 밖으로 나갔다. 저녁때는 "호텔을 나가면 신발 가게가 있는데, 거기 가면 데쓰코가 아니면

신을 사람이 없을 것 같은 화려한 디자인의 신발이 넘쳐나거든. 그래서 중국어는 모르지만 가봤지"라며 즐겁게 말하고, 아침에 는 "어젯밤에는 말이지, 객실 텔레비전에서 오페라 가수가 평가 하는 베스트 10 같은 걸 했는데, 거기다 퀴즈까지 하는 거야. 일 본에서는 이런 프로그램을 볼 수가 없으니 재미있더라고. 일본 에서 그거 방송 안 해주려나?" "PC 상태가 안 좋아서 아침까지 씨름했는데 잘 안 됐어"라고도 했다. 도대체 선생님은 언제 쉬시 는 걸까? 잠만 자는 나로서는 놀라울 뿐이다(특히 이번 상하이에 서는 마법에라도 걸린 것처럼 잠만 잤다).

"공항에서 호텔로 가는 도중에 이상한 분위기의 양복점을 찾 았어"라며 버스를 호텔 부근에 세우고 모두 함께 가게를 찾은 적도 있다. 선생님은 이동 중에 이야기를 하면서 창밖 거리의 정 보도 수집하고 있었다. "정보라는 건 어차피 보고 싶다고 생각 하는 것만 보이거나 흡수되는 것"이라는 이야기를 예전에 어디 선가 읽은 적이 있지만, 선생님이 얻는 정보는 누구도, 심지어 선 생님 자신조차 예상할 수 없을 것이다. 선생님은 그저 객관적인 관점에서 까다롭거나 일방적으로 단정 짓지 않고 다양한 것을 흡수하신다. 그런 선생님을 보며, 이동 중이니까 일단 자고 본다 든가 중국어를 모르니 애초에 텔레비전은 켜지조차 않는 내 자신을 훈계하면서도, 한편으로 선생님이기에 가능한 일이리는 경외감까지 들었다.

어느 날 선생님이 가이드에게 중국

배낭을 메고
동분서주하는
데스코 선생님

실크는 어디서 살 수 있는지 물어, 다 함께 그 가게에 갔다. '이런 걸 누가 입어? 데쓰코 씨밖에 입을 사람이 없지' 싶은 옷을 중심으로 골랐다. 선생님의 정력적인 분위기에 이끌려 가게 안을 둘러보니, 선명한 오렌지색의 숄이 눈에 띄었다. 실크인데도 새빨간 안감이 번들거리지 않고 디자인도 현대적이어서 계절에 관계없이 폭넓게 활용할 수 있을 것 같았다. 계산대에서 계산을 하고 있는 선생님 옆에 서서 "저는 선생님 계산하신 다음에 이거 살 거예요" 했더니, 선생님은 내 손에 들려 있는 숄을 보시더니 "어머나 안, 잠시만, 잠시만"이라며 주섬주섬 계산이 끝난 쇼핑백을 뒤지며 무언가를 찾기 시작했다. "이거 봐!" 선생님이 보여준 숄은 내가 가지고 있는 것과 똑같았다. "고운 살구색이라 안에게 주려고 산 거야." 대부분 하나씩밖에 없는 진열 상품 중에서 똑같은 것이 두 개 있는 것도 드문 일이지만, 거기다 선생님이 나를 주려고 골랐다니! 감격한 나는 그날부터 매일 밤 식사를 할 때 선생님께 받은 숄을 어깨에 두르고 나타났다. 선명한 붉은색은 상하이의 밤과도 잘 어울렸다.

자유 시간에 즐거운 추억도 많이 만들고, 상하이엑스포도 성황리에 끝났다. 데쓰코 선생님의 예상대로 곡의 간주에 경극풍의 퍼포먼스를 선보여 중국인 관람객으로부터 박수갈채도 받았다. 나로서는 중국어 가사를 외우는 것만으로도 벅찼지만 선생님은 대본에 없어도 분위기를 띄우기 위해 노력했다. 무대에 나란히 오르며 그저 선생님의 대단함에 감탄할 뿐이었다.

돌아오는 날, 공항에서 선물을 살 시간이 있었다. 초콜릿이 진열된 선반이 눈에 띄었다. 판다 틴 케이스 속에 판다 모양의 초콜릿이 들어 있었다. 선생님이 판다를 좋아하는 게 생각나 "이거라면 초콜릿을 먹은 후에도 귀여운 판다 상자가 남을 거고…… 별것 아니지만 선생님께 선물해야겠다" 하고 즐거운 마음으로 계산대로 향했다. 그런데 선생님도 똑같은 선반을 뚫어지게 쳐다보고 있는 게 아닌가. 나와 눈이 마주치자 "이거 귀엽지!" 하시기에 손에 든 판다 틴 케이스를 보여드리며 "선생님이 좋아하실 것 같아서요. 이거 선생님 거예요!" 했다. 선생님은 "어? 정말? 아, 좋아라!"라며 기뻐하셨다.

돌아오는 비행기에서는 선생님과 떨어져 앉게 되었는데 선생님이 "떨어져버렸네"라고 하니 선생님 옆에 앉았던 사람이 자리를 양보해주었다. 갈 때와 마찬가지로 하네다 공항에 도착하기까지 시간은 순식간에 지나가버렸다.

도쿄로 돌아오고 얼마 지나서 선생님으로부터 이메일이 도착했다. "이번에 안과 일할 수 있어서 좋았어요! 와와샨(중국어 노래 「초원의 연가」의 일부분을 인용해 우리는 이렇게 부르고 있다)을 외워야 한다거나, 뭐랄까 요즘 젊은이들이 놓치고 있는 소중한 것을 제대로 간직하고 있는 사람과 만나서. 판다 모양의 귀여운 상자 고마워. 그 가게에서 내가 앗, 판다! 했을 때 안이 이기 선생님 드리려고요, 하고 말해주니 갑자기 눈물이 날 것 같았어요. 정말이야. 안의 상냥함에 가슴을 울리는 감동을 받았어요.

그럼 또 만나요."

저야말로요. 그렇게 따뜻한 말에 저야말로 눈물이 날 것 같았어요.

언제까지고 소녀 같은 감성을 잃지 않고, 그것을 상대방에게 제대로 전달하는 데쓰코 선생님. 도저히 따라갈 수 없겠지만 선생님이 걸어가는 모습은 확실하게 내 발밑을 밝히고 있다.

사카이 교수는 대단해

꿀꺽
즐거웠어…

이 원고가 게재될 때는 출연하고 있는 형사 드라마 「조커 용서받지 못할 수사관」의 촬영이 모두 끝나 있을 것이다. 원고를 쓰고 있는 지금은 마지막 촬영이 한창이다. 끝나면 어떤 기분이 들지 사실 잘 모르겠지만, 보통(아직 '보통'이라는 단어를 쓸 만큼 경험이 많지는 않지만) 드라마 한 시즌이 끝나면 성취감과 함께 가벼운 '탈진 증후군'이 몰려온다. 난생처음 만나는 제작 스태프들, 캐스터와 4개월간 거의 매일같이 얼굴을 보며, 가족이나 친구보다도 오래 그리고 함께 긴밀한 시간을 보내는 것이다. 그러던 것이 갑자기 사라진다. 아, 끝나버렸네 하며 입술을 비죽 내미는 기분. 그럴 때는 스태프들이 만들어준, 마감용으로 편집된 내부용 메이킹 영상 DVD를 안주 삼아 집에서 한잔한다. 그렇다

곤 하지만 최근에는 그 내부용 영상이 드라마 DVD를 만들 때 수록되는 경우가 많다. (다시! '최근에는'이라고 분석할 만큼의 경험을 쌓지는 못했지만!)

촬영은 여러모로 힘들었지만, 어쨌든 「조커」의 촬영 현장은 너무 재미있었고 배울 점이 많았다. 우선 문제는 첫째도 둘째도 더웠다는 것이다. 113년 만의 기록적인 더위 속에서, 모터 소리가 마이크에 들어가지 않도록 에어컨 스위치를 끄고 진행된 실내 촬영. 야외 촬영에서는 몇 번이고 신기루를 볼 정도였다. 그리고 형사라면 당연한, 전문 용어로 가득한 대사들. 더워서 나오는 땀과 긴장의 기름땀, NG를 냈을 때의 식은땀. 가지가지의 땀을 흘렸다.

그런 가운데 새로운 사제관계가 형성되었다. 스승은 대장인 사카이サカイ 씨「조커」에서 다테 가즈요시 역을 맡은 사카이 마사토堺雅人를 말한다, 제자는 당연히 나다. 병아리가 종종거리며 어미 닭의 뒤를 쫓듯이, 나는 드라마에서 내내 사카이 씨 주변을 서성이고 있다(오해가 없도록 말해두자면 드라마 내용상으로도 그런 설정이다).

처음으로 이야기를 나눈 건 촬영 첫날. 저녁 대기(태양이 지기를 기다리는 것) 동안 빈방에서 '사카모토 료마坂本龍馬, 일본 에도시대의 무사. 대정봉환大政奉還을 주도해 실질적으로 일본의 근대화를 이끈 인물이다는 누구에게 암살되었을까?'를 주제로 이야기꽃을 피웠다. 사카이 씨는 이전에 료마 암살을 주제로 한 다큐멘터리의 내비게이터로 촬영과 조사를 하며 일본뿐만 아니라 영국까지 다녀왔다. 그때의 에피소드, 그리고 다양한 이야기에서 도출해낸 사카이 씨의 지론을 들으며 나는 언제나처럼 '흠흠!' 정신없이 이야기를 들었다.

사카이 씨의 대단한 점은 언제나 책을 읽고 있다는 것이다. 나도 대기 시간에는 책을 읽을 때가 많지만, 사카이 씨는 정말로 늘 문고판을 한 손에 들고 지낸다. 세트 안에서도 잠시라도 짬이 나면 책을 펴고, 촬영 준비가 되면 책을 덮어 책상 서랍 같은 곳에 밀어 넣고 슬레이트 소리와 함께 촬영에 들어간다. 세트에 들어가면 대사에 치여 정신을 못 차리고 그게 아니면 누군가와 수다를 떨고 있는 나와는 전혀 딴판이다. 무엇보다 문고판을 잊지 않고 챙기는 것도 대단하다. 내가 책상 서랍에 넣는 것은 대부분 할본(그날 촬영할 부분만 대본에서 발췌해 인쇄한 소책자)이고, 그것도 컷 소리와 함께 그대로 두고 나가는 일이 허다하다. 덕분에 스튜디오의 보이지 않는 곳에는 내가 읽던 할본이 여기저기 숨겨져 있다. 마치 나뭇가지에 포획물을 걸어둔 채 어디론가 가버리는 때까치의 먹이와 같다. 얼마 전에는 취조실의 서랍을 슬쩍 열어봤더니, 1화를 촬영했을 때의 할본이 들어 있었다. 왠지 첫 회가 과거의 일처럼 뭉클하게 다가와 그대로 뒀다.

그렇지만 촬영하는 도중에 휴식 시간에는 사카이 씨와 수다로 분위기를 띄우는 일도 많다. 어려운 것, 시시한 것 등 무엇이든 알고 있어서 동시고금을 넓고 깊게 파헤쳐주는 박람강기한 사카이 씨에게 무엇이든 질문하고 함께 이야기를 나누었다. 그걸 본 스태프들도 점점 "사카이 씨와 안은 교수와 조교 같아"라

연구실 같은 빈방

는 말을 하곤 했다. 그럴듯한 말이다. 우리는 현장에 노트북을 들고 와 나란히 앉아서 원고 체크나 집필을 하기도 한다. 이런 상황이 되면 빈방이 연구소처럼 보일지도 모른다.

사카이 씨는 원고 마감을 어긴 적이 없다고 한다. 정말이지 '마감 엄수'를 귀가 따갑도록 들은 나로서는 놀라울 뿐이다. 조교는 조금이라도 배우고 싶어서, 바로 스승의 저서 『문·사카이 마사토文·堺雅人』를 사러 갔다. 50회의 연재분이 수록된 책에는 그의 부드러우면서도 따뜻한 마음이 담긴 캐릭터가 그대로 드러나 있었다. 히라가나를 많이 써서 전체의 틀을 편안하고 사뿐하게 정리하는 데 효과적이다. 신간 대담집인 『나는 보쿠스이ぼく、牧水!』와카야마 보쿠스이若山牧水, 1885~1928. 일본의 가인歌人에서 자신의 문장에 대해 "야마토やまと 언어는 가능한 한 가명을 고집한다"고 했는데, 그 진짜 의미를 알고 한층 놀랐다. 4년간 꾸준히 써온 에세이는 다양한 역할의 연기 경험을 통해 쌓아온 생각이나 독특한 시선, 사람들과 사귀는 방법 등 어느 구석이나 반드시 '사카이 씨'가 나올 법한, 폭신폭신하면서도 달콤한 종합 쿠키 같은 책이었다.

굳이 말할 필요도 없지만, 연기에 임하는 사카이 씨의 자세는 정말이지 배울 점으로 가득하다. 그에게 지적을 받고 처음으로 '앗!' 하고 알게 되는 부분도 많았다. 나뿐만 아니라 스태프도 모두 그렇게 생각했을 것이다. 사카이 씨는 자신이 나오지 않는 장면까지 포함해 이야기의 흐름, 등장하는 캐릭터 하나하나의 배경까지 아울러 작품 전체를 헤아리고 있었다. 스토리가 무거워지려 하면 "지금부터 이야기가 점점 무거워지니까, 그 전에 웃긴 장면을 넣어서 숨을 고르도록 하자"고 하는 등 많은 아이디어를 냈다. 원래 대본의 대사가 그저 그런 것이었더라도 거기에 새로운 색채를 입혀 킥킥 웃을 수 있는 장면으로 바꾸어갔다. 대사에는 완급이 실리고, 표현도 풍부해졌다.

그는 갈피를 잡지 못하는 내게도 자주 도움을 주었다. 대본의 흐름을 쫓아갈 때도 감정이 그걸 따라가지 못하거나 이해가 안 되면, 몸도 제대로 반응하지 않고 움직일 수 없어지는 때가 있다. 언젠가, 내가 맡은 역할의 심경 변화로는 도저히 그 자리에서 움직일 수가 없는 상황이지만, 내용상 그 자리에서 빠져야 하는 장면이 있었다. 음, 생각에 잠겨 있던 내게 사카이 씨가 말했다. "자, 내가 그 자리에서 나가라는 눈 연기를 할 테니 지시를 받고 움직이는 걸로 하자." 나는 상사인 가즈요시(사카이 씨 역)의 눈짓에 따라 움직임으로써, '상사의 명령에 따른다'는 분위기로 자연스럽게 연기할 수 있었다. 또 한번은 전문 용어가 나열된 긴 대사가 본방 직전에 군데군데 수정된 적이 있었다. 원래대로여도 가슴이 두근거리는데, 대본까지 바뀌니 심장이 터질 것 같았다. 대사는 확실하게 외웠으니, 본방에서 대사를 틀린다면 그건 마음에 여유가 없어서일 것이다. 혼자서 연습할 때나 리허설에서는 틀리지 않으니까! 다른 게 다 준비되었는데도 틀린다는 건 오롯이 내 자신의 문제. 그래서 한 장면만 계속 연습하는 것보다 전혀 다른 주제로 세상 돌아가는 이야기라도 하면 도움이 될 때도 있다. 당시에도 마음의 여유가 점점 사라져 걱정되는 부분을 중얼거리며 되뇌고 있었다. 실수로 시간을 허비하고 싶지 않아. 모두에게 폐를 끼치고 싶지 않아. 그때 사카이 씨가 내 쪽을 보고 들릴 듯 말 듯 한 목소리로 "괜찮아"라고 해주었다. 실제로는 목소리보다 입 모양으로 알아차렸으니, 어쩌면 목소리는 처음부터 내지 않았는지도 모른다. 사카이 씨의 격려에 처음으로 내가 점점 좁은 세계에 나 자신을 고립시키고 있었음을 깨달았다. 툭! 얼어붙어 있던 긴장의 끈이 풀리고, 본방에 들어갈 수 있었다.

참고로 마지막 회는 둘의 노선이 갈려, 함께하는 장면이 퍽 줄었다. 좀 아쉽긴 했지만 '사카이 씨라면 이 장면을 어떻게 연기했을까?' 생각하면서 지금까지 배운 것을 되새기며 촬영에 임했다. 참고로 드라마에서 내가 연기하는 아스카 경부보 역시 따로 행동하면서도 사카이 씨가 연기하는 가즈요시 경부의 영향을 받는 캐릭터다. 드라마가 현실과(아니면 반대일까?) 링크되기 시작한 것이 재미있었다.

현실/역할이
연결되어간다

이제 아스카, 아스카가 만난 가즈요시, 모두와 이별이다. 빨리 끝내고 싶다는 마음이 들면서도 한편으로 아쉬움을 느끼는 건 사카이 씨와의 멋진 만남 덕분일 것이다. 아스카와는 이별하지만 또 다른 장소에서 다른 역할로 교수님과 만날 수 있을 것이다. 그때는 또 어떤 역할을 하며 보고 배울 수 있을지 상상이 안 된다. 그렇기 때문에 이 일이 재미있다. 그때는 조교에서 조교수 정도는 될 수 있도록 부단히 노력해야겠다.

「오페라의 유령」 상

앗,
거기
있구나♡

요즘 나는 한 여성과 매일 함께 지낸다.

실체가 없는 그녀는 마치 유령처럼, 가까워졌다고 생각하면 '술래야, 이쪽이야'라는 듯 스윽 멀어져버린다. 그러다 필사적으로 따라가면 어딘가에서 기다린다.

이런 두더지 놀이두 명이 한 조가 되어 손을 한 층 한 층 차례로 쌓으며 상대의 손등을 꼬집는데, 두 손을 다 쓰면 가장 아래에 있던 손등을 다시 위로 올려 쌓아 꼬집는 놀이 같은 쫓고 쫓김은 1년 가까이 계속되고 있다.

그녀의 이름은 크리스틴 다에. 뮤지컬 「오페라의 유령」의 주인공이다. 다음 달, 나는 무대 위에서 크리스틴을 연기한다.

출연이 결정된 것은 약 1년 전. 사무실로 배달된 기획서를 건네받고는 대충 훑어보고 그 자리에서 "하겠다"고 대답했다. 같은 해에 연속극에 처음 출연했던 내게는 당연히 「오페라의 유령」이 첫 뮤지컬, 첫 무대였다. 라이브로 연기를 하고 노래를 부르고 춤까지 춘다. 보통은 '할 수 있을까……?' 시간을 가지고 숙고할 것이다. 하지만 망설임 없이 대답했다. 지금 돌아보면 스스로 생각해도 왜 그렇게 급하게 결정했는지 머리를 갸우뚱하게 된다. 하지만 이야기의 무대인 파리는 내가 외국 중에서도 가장 좋아하는 도시. 그리고 사랑해 마지않는 노래를 부를 수 있다는 것만으로 충분했다. 또 초등학교 때 성가대를 했기 때문에 사람들 앞에서 노래하는 데 큰 부담을 느끼지 않는다는 점도 작용했을 것이다. 무모함에는 변함이 없지만…….

그날 나는 '근거 없는 의욕'을 안고 돌아오는 길에 들뜬 발걸음으로 쓰타야_{음반, DVD, 도서 등을 취급하는 일본의 대형 서점}로 달려가 「오페라의 유령」 DVD를 샀다. 각본, 음악은 다른 작품이지만 일단 대만족이었다.

그리고 조금 시간이 지나 극장 측에서 CD와 악보를 보내주었다. 피아노 음원이 두 곡 들어 있었는데, 뮤지컬에 사용되는 이 두 곡을 우선 연출가와 음악감독 앞에서 불러보라고 했다. 악보는 읽을 줄 모르지만 성가대에서 해온 것처럼 우선은 감으로 콩나물들을 따라가며 가사를 보고 부르면 어떻게든 될 것 같았다. 발성법 등은 조금 지도해줄 테고, 그다음에 노래하겠지? ……낙관이 지나쳤다. "안녕하세요" 인사하고 1분쯤 뒤, 음악감독의 손이 건반을 두드렸다.

결과는 예상을 뛰어넘게 끔찍했다. 고음을 무리하게 내려고 하다 보니 목소리가 찢어져, 정서 따위는 찾아볼 수 없었다. 쥐를 잡아 비틀면 이런 소리가 날 것 같은 지경이었다. 나는 소리를 너무 내서 산소가 부족해진 멍한 뇌로 '왜 건반을 이렇게 오른쪽에서 치는 거지?'라고 생각했다. 멍하니 서 있는 나를 앞에 두고 연출가와 음악감독은 "으음, 안 되겠네" 하고는 망설임 없이 그대로 가버렸다. 두 사람을 다시 부를 수도 없었던 나는 그렇게 어슬렁거리며 돌아왔다.

머리가 어질어질했던 게 단지 산소 부족 때문만은 아니었다. 제대로 못한 내 자신에게 실망스러웠다. 이상한 말이지만 그때까지만 해도, 정말이지 왠지 '할 수 있다!'고 확신하고 있었던 것이다. 일말의 의구심도 갖지 않았다는 것 자체가 이상한 일이다. '아, 목소리가 안 나왔어.' 거울을 보니 내 얼굴에는 '좌절'이라는 두 글자가 또박또박 적혀 있었다. 그날 밤 의욕을 완전히 상실한 나는, 뱀파이어가 관에 들어가듯 침대에 가 누웠다.

이튿날 아침, 관에서 나와 창으로 쏟아져 들어오는 눈부신 햇살을 맞으며, '지금부터 딱 1년만 준다면 뭐든 할 수 있어⋯⋯! 1년 동안 완성해 보이자!' 하고 맹세했다. 참 빠른 근거 없는 의욕 충전이었다. 나는 그길로 미국 공연 오리지널 음원을 입수해 매일 반복해서 들었다. 크리스틴이 부를 곡은 열 곡. 그중 메인으로 계속 불러야 하는 곡은 일곱 곡으로 다른 뮤지컬 작품들에 비해 더 많은 양이었다. 음표를 읽을 줄 모르는 나로서는 귀로 기억하는

안 돼,
안 돼⋯⋯

수밖에 없었다.

그렇게 해가 바뀌었다. 2010년 새로운 수첩의 11월 페이지를 펼쳐 1일에 '1'이라는 숫자를 쓰고, 거기에서부터 숫자를 역으로 써넣어갔다. 그렇게 하니 1월 1일은 '305'가 되었다. 흐음, 감개무량해진 나는 "이것밖에 안 남았네"라고 중얼거렸다. 남은 시간은 그뿐이었다. 초연은 11월 2일. 그때까지 305일. 그 시간이 '이렇게나 남은' 것일지 '이것밖에 안 남은' 것일지는 아직 모른다. 아직까지도 실체가 보이지 않는 그녀 크리스틴의 목소리가 들리는 듯했다.

1월에는 포스터용 사진과 광고 영상을 촬영했다. 의상은 소설 『오페라의 유령』이 쓰인 100년 전과 동일한 시기에, 실제로 프랑스에서 제작된 앤티크 드레스를 입었다. 새하얀 레이스로 전신을 감싸고 하이넥의 목 부분에는 카메오와 같은 앤티크 브로치를 달았다. 다른 출연자들을 만나니 정말 하기는 하는구나! 더더욱 가슴이 떨렸다. 부족한 거라곤 내 실력뿐이다.

가능하면 한두 주에 한 번은 보컬 트레이닝을 받고 싶었지만 좀처럼 실현되지 않았다. 한 달씩이나 거를 때도 있었다. 녹음기로 레슨 내용을 녹음해두었다가 배운 포인트를 요약하고, 이동 중에 끊임없이 반복해서 듣고 복습했다. 이것만으로는 부족하단 생각에 집에서 연습할 수 있도록 피아노 반주 녹음을 부탁했다. 음정을 정확히 기억해야 하는 부분은 그 부분만 단음으로 연주해 녹음해놓고 반복해서 들었다. 이번 「오페라의 유령」에 수록된 곡은 하나같이 정말 훌륭하다. 내가 참여해서 그런 게 아니라, 정말 그렇게 생각한다. 몇백 번을 들어도 질리지 않아서 계속 연습하고 싶고 잘하고 싶다고 진심으로 생각했다. 집에서 큰 목소리로 노래하고, 마음대로 움직이며 크리스틴이 되어본 적도 있다. 민원 신고가 없었던 건 이웃들의 따뜻한 배려 덕분이었을 것이다.

황금 주간4월 말에서 5월 초에 걸쳐 일본에서 1년 중 휴일이 가장 많은 주간이 지나고 드디어 공연은 200일도 채 남지 않았다. 가대본이 도착했다. 제본 전의 낱장 상태다. 그날 다 읽었다. 대본을 읽는 데는 채 한 시간도 걸리지 않았지만, 계속 함께해야 할 내용을 이렇게 대접해서는 안 된다는 생각에, 빈 공책을 꺼내 처음부터 필사해보았다. 나는 내 분량의 대사는 무엇이든 어딘가에 써서 외운다. 시각과 촉각, 그리고 종이에 쏟아냈다는 사실로부터 그 대사를 조금이라도 '안에서 나온 것'으로 소화하고 배출하기 위해서다. 평소에는 내가 하는 대사만 골라서 쓴다. 하지만 이번에는 전부 다 썼다. 동작을 포함한 지문부터 다른 사람의 대사, 가사까지 전부. 당연히 그저 읽는 것에 비해 훨씬 더 많은 시간이 걸린다. 일하는 틈틈이 조금씩 하다 보니 한 달 가까이 걸렸지만, 많은 수확이 있었다. 내 대사와 동작은 물론, 내가 나오지 않는 장면이나 다른 사람의 대사, 감정선에 대한 이해가 크게 향상됐다. 팔은 좀 아팠지만 다 쓰고 나니 깊이 빠져드는 이야기에 감동을 받았다.

「오페라의 유령」 하면 떠오르는 일반적이고 대략적인 이미지는, 순수하고 천진난만한 크리스틴, 괴물 같지만 질투심이 많은 천재 유령, 노래도 못하고 성격도 나쁜 디바 카를로타, 그녀의 남편이자 극장 지배인…… 대조적인 성격과 사회적 위치가 확실한 인물들이다. 하지만 천사의 목소리를 가진 크리스틴은 사건의 방아쇠를 결코 자신이 당기지 않는, 확실히 다른 사람이 당기게 하는 힘을 가지고 있다. 어떤 의미에서는 트러블 메이커일지도 모르겠다. 어려운 상황에 빠진 사람을 결정적으로 구해내고 사랑하기도 하지만, 그런 상냥함으로 인해 상대방에게 회복 불가능한 상처를 주기도 한다. 악의가 없다고는 해도 다른 사람에게 상처를 줘도 되는 걸까? 내가 연기하는 크리스틴은 이런 물음에 부딪힐 것이 분명하다. 이야기 속에서 크리스틴은 아픔을 겪으며 배우고 성장해가야 한다. 대본을 직접 써보니, 악역 이미지의 카를로타에 대한 주위의 평가가 어떤지 알게 되었다. 이 작품 중에는 그녀를 인정하는 사람도 있다. 그런 면이 굉장히 사실적이고 재미있다. 매력적인 면도 있고, 장점도 많다. 누구에게나 빛이 있고 어둠이 있다. 이런 점들을 알게 되니 갑자기 다양한 캐릭터들이 살아 숨 쉬기 시작했다.

6월. 150일 남았다. 나는 운 좋게도 일 때문에 파리에 갈 기회가 생겨 비는 시간에 오페라극장을 찾았다. 보고 싶었던 발레 공연은 볼 수 없었지만, 낮에 가이드가 딸린 오페라극장 투어를 할 수 있었다. 파리는 패션 관련 일로 수없이 왔고, 오페라극장 앞도 무수히

옷이 날개

지나다녔지만 건물 안으로 들어가본 건 처음이었다.

내부는 상상했던 것보다 더 넓고 호화찬란했다. 극중 크리스틴이 극장에서 노래할 기회를 얻었을 때 "내가…… 오페라극장에서?!"라며 기뻐하는 대사가 있는데, 이런 멋진 곳에서 노래할 기회를 얻는다면 당연한 반응이겠지! 하고 선뜻 이해가 됐다. 영어 가이드는 유령이 있었다고 하는 5번 박스석도 안내해주었다. "가스통 르루의 소설은 많은 부분이 창작이지만, 그래도 소설과 비슷한 소문은 있었지요"라길래, 나는 "크리스틴도 정말 있었을까요?" 물어보았다. 그러자 역시 모델이 된 가수가 있었다고 했다.

한 시간 넘게 소요된 알찬 투어가 끝났다. 가이드에게 "이번에 일본 뮤지컬에서 크리스틴 역을 맡았어요"라고 살짝 귀띔하니 크게 기뻐하며 다른 관광객들에게도 "여러분! 이분이 말이죠,「오페라의 유령」의 크리스틴을 연기한답니다!"라고 전했다. 성의껏 호응해주는 관광객들은 "오오!" 하며 박수를 쳤다. 좀 쑥스러우면서도 어쩐지 기뻤다. 관광객 가운데 유럽인 할머니 한 분이 지팡이를 짚으며 다가와 "지금 노래를 불러줄 건가요?"라고 했지만, 아무래도 그건 좀 그래서…… 거절했다. 극장에 딸린 선물 가게에서도 어쩐 일인지 계산대의 아주머니가 "이거, 선물이에요"라며 넌지시 손수건을 건넸다. 나도 모르게 눈에 불을 켜고 살펴보고 있었던 모양이다. 도쿄에서 만나게 될 출연자들에게 선물할 오페라극장의 특제 벌꿀도 샀다. 이 벌꿀은 무대 장치 담당자가 쓰고 남은 나무로 벌집 상자를 만들어 오페라극장의 옥상에서 수확한 것이라고 한다.

7월. 드라마 촬영장에서 「오페라의 유령」에 함께 출연하는 분과 만날 기회가 있었다. "자, 그럼 가을에 만나요" 인사를 하고 헤어졌다. 7월 말에는 공연까지 100일이 남아 있었다.

9월. 이제 60일이 남았다. 월말에는 미팅이 있다. 그 전에 너무나도 가보고 싶었던 곳에 가보기로 했다. 뮤지컬의 성지, 뉴욕. 4박이라는 짧은 스케줄, 낮 시간은 노래와 댄스 레슨으로 빈틈없이 채워졌다. 노래와 춤 모두 브로드웨이 뮤지컬에 종사하는 분들에게 배웠다. 노래는 실제로 내가 부를 일본어 가사로 부를 수 있게 해주었다. 물론 미국에서 공연된 작품이었기 때문에 선생님들도 내용과 배경을 잘 알고 있었다. 하지만 일본어로 노래해야 하다 보니, 수업 내용은 자연스럽게 음의 표현을 늘리는 것에 집중되었다. 일본에서 배울 땐 가사의 의미와 해석법도 배웠기 때문에 양쪽 모두 경험할 수 있었던 건 결과적으로 좋았다. 밤에는 본고장의 뮤지컬을 보고, 호텔로 돌아와서는 침대에 빨려들듯 곯아떨어지기를 나흘간 반복했다. 마치 '뮤지컬 집중 합숙' 같았다.

그리고 9월 말. 드디어 대본 리딩을 위한 미팅 날이 왔다. 예정과 다르게 노래까지 해보기로 계획이 변경되었는데, 어쨌든 한번 해보자는 취지였다. 나는 무대의 막이 열리면 첫 번째로 노래를 하며 등장한다. 즉 대본 리딩에서도 첫 번째라는 뜻! 두근두근, 콩닥콩닥 설렘과 두려움이 뒤섞인 상태에서 혼자 일어나 노래를 부르기 시작했다. 중간에 코러스 분들의 노랫소리가 들려왔다. 아직 제대로 된 연습도 시작하지 않
은, 처음 맞춰보는 단계였음에도 몇 번이
고 오싹오싹했다. 지금까지 긴 시간을 혼
자서 크리스틴만을 고민하고 연구해왔
는데, 이제부터는 다른 배역들과 함께
조화를 이루어야 한다. 대본 해석을 암만 했어도 그건 어디까지
나 내 방식대로 한 거니까, 이제부터는 다른 사람들과 맞춰가며
점점 변화해나가야 한다. 분명 상상도 못할 일이겠지. 하지만 틀
림없이 근사하고 멋진 변화일 것이다. 그런 확신이 든다.

10월. 연습이 시작됐다. 드디어 본격적인 출발선에 선 것이다.
스스로 목소리를 꽤 낼 수 있게 되었다고 생각하지만 아직도 과
제가 산더미다. 그래도 크게 좌절했던 그날로부터 1년에 걸쳐 도
움닫기를 했다. 이 도움닫기가 이제부터의 분발에 큰 힘이 될 것
이다. 어디까지 뛸 수 있을지도 이 한 달에 달려 있다.

「오페라의 유령」하

덥네요

......

무대 연습이 시작되었다.

그동안 달력과 그렇게 눈싸움을 해가며 'D-××일'을 세왔는데, 이상하게도 무대 연습을 시작하고부터는 달력에 눈길도 주지 않게 되었다. 지금까지는 그런 식으로라도 의식해야만 했던 '유령'이, 이제는 매일 눈앞에 나타나 마주해야 하는 존재가 되었기 때문인지도 모르겠다. 어쨌든 매일매일 그것만 생각했다. 슬슬 초조해져도 이상하지 않을 텐데, 매일이 그저 행복하기만 했다.

무대 연습은 대본 리딩 때와 마찬가지로 아무런 신호도 없이 연출가 스즈카쓰 씨의 "일단 해보세요"라는 말로 시작되었다. 아무것도 없는 상태에서 '일단 해본다'는 건 정말이지 긴장된다. 그렇지만 지금 내가 할 수 있는 최선은 '열심히 하는 것'밖에 없다. 내가 연기하는 크리스틴은 막이 열리면 노래를 하며 제일 먼저 무대에 등장한다. 에잇, 될 대로 되라! 하는 심정으로 뛰어나갔다. 아, 그렇구나. 지금까지는 그저 노래만 했는데, 움직여보는 것만으로도 상황이 퍽 달라졌다. 스즈카쓰 씨는 임시 세트에서 움직이는 우리를 가만히 지켜보았다. "우리는 안 움직이니까 춥네"라며 잠바에 모자까지 쓰고 지퍼를 끝까지 올린 모습이었다.

내 무대가 끝났지만, 특별히 아무런 이야기가 없어 일단 자리로 돌아왔다. 이 정도면 됐나? 불안해하고 있는데 옆자리의 단장 오사와 씨가 "으응, 꽤 괜찮았어. 좋아, 좋아"라며 싱긋 웃어준다. 이제 막 발을 뗀 아이처럼 주변을 파악할 힘이 없다는 걸 눈치채고 격려해주는 단장님. '와, 해냈다!' 나는 또 금방 포동포동하게 의욕을 되찾았다. 움직여서 따뜻해진 출연자들과는 반대로 스즈카쓰 씨는 아직도 추운 듯이 등을 말고 있다. 생강차를 컵에 따라 가만히 뒤에서 내밀었다. "어, 고마워." 스즈카쓰 씨는 말을 할 땐 많이 하는 편이지만 불시에 말을 걸면 움찔하는 게 보인다. 의외로 수줍음을 타는지도 모르겠다.

연습 중에도
연기를 위해
긴치마를 입었다

이런일도

1막의 마지막까지 가는 데는 무대 연습을 시작하고 고작 이틀밖에 안 걸렸다. 2막, 이야기의 마지막까지는 다시 이틀이 지난 나흘째. 경이로운 속도였다. 다른 작품에서 보통 어느 정도나 걸리는지는 알 수 없었지만, "모든 막을 나흘 만에"라고 하면 누구나 놀라움을 금치 못했다. 성격이 급한 나는 이 속도감이 기분 좋았다. 어떻게 전개될지 뒷이야기가 궁금했기 때문이다.

그렇다고 물론 완성된 건 아니고, 그저 가는 방향이 막연하게나마 보인 정도였다. 거기서부터 점점 하나씩 갖춰나간다. 노래하는 부분에서는 동작도 추가된다. 내용이나 시간도 고려해 필요 없는 부분은 삭제하고, 대사도 고친다.

연습이 시작되고 열흘 정도가 지난 어느 날, 스즈카쓰 씨가 천천히 내게 다가와 "지금까지 이렇게 아무 지적도 안 받고 괜찮을까, 싶었죠?"라고 물었다. 사실 지금까지 서는 위치 등에 대한 지시는 있었지만 연기에 있어선 특별한 지적이 없었다.

"나는 말예요. 연기에 관해서는 지시 같은 걸 하지 않아요. 지적해서 나오는 움직임은 진짜가 아니거든. 내면에서 나오는 움직임이라야 진짜죠. 주연들은 특히 그 부분을 각자 잘 연구해서 만들어가야 한다고 생각해요."

아, 그러고 보니 나는 주연 중 한 사람이었다. 그렇구나. 스스로 자기 역할을 바라봐야 하는구나, 음, 그렇지. 스즈카쓰 씨가 덧붙였다.

"지금까지를 보면, 무대에 크리스틴이 있다는 느낌은 들기 시작했어요. 하지만 만약 생각한 만큼 충분히 표현된 게 아니라면,

그걸 무대로 나오지 못하도록 막고 있는 건 크리스틴이 아니라 안이에요. 연습이란 건 시험해보는 장소이기도 하죠. 정말 맥락이 안 맞거나 흐름이 맞지 않는다면 나중에 확실히 이야기해줄게요. 갑자기 답을 내리려 할 게 아니라, 여러 시도를, 전례가 없는 것이라도 괜찮으니 시험해봐요. 괜찮아. 뭘 해도 다른 출연자들이 다 받아줄 테니까요.”

크리스틴은 순수한 아가씨. 노래를 좋아하고 오페라극장을 동경한다. 생각지 못하게 오페라극장에 들어와 유령과 만나고, 사건이 벌어진다. 크리스틴은 사건을 일으키는 것이 아니라 일으키도록 만드는 사람. 그러니 당연히 어떤 상황에서든 기본적으로 수동적인 자세가 아닐까? 나는 계속해서 ‘순수’ ‘수동적’이라는 키워드로부터 ‘상냥하고 어른스러운’ 여성상을 의식하고 있었다. 그게 비극적인 마지막 장면과도 딱 맞아떨어지니까. 그래서 계속해서 그런 크리스틴을 반복해서 연기하고 고양시키려 했다.

이튿날, 스즈카쓰 씨는 또다시 내 곁에 앉아서 이렇게 말했다.

“있잖아요, 한번 질러봐도 괜찮아요. 결말은 생각 안 해도 돼요. 이야기 속에 있는 모든 사람이 그런 결말을 의식해서 거기로 가고 있는 게 아니거든. 아무도 그걸 의식하지 않은 채, 그저 이야기에 이끌려 마지막 장을 맞이하는 거니까. 크리스틴은 비극적인 마지막 신은 애초부터 알지도 못할 뿐더러 동경하던 오페라극장에 와서 노래까지 가르쳐주는 유령 선생님을 만나 모두에게 칭찬을

첫 등장

132

들게 되지. 마음속으로 행복에 빠진 신데렐라 스토리를 생각해 도 된다는 말이에요. 지금 안의 마지막 장면의 감정은 만들어진 것 같아요. 우리가 생각해야 할 건 최후가 아닌 최초인데 말이 죠."

크리스틴 이미지를 한번 깨뜨려보자. 크리스틴은 시골에서 온 촌스러운 아가씨다. 악보를 팔다가 유명한 백작이 말을 걸어 생 각지도 못하게 오페라극장에 들어오게 된다. 시부야에서 화장지 를 나눠주다 갑자기 유명인이 말을 걸어온 거나 마찬가지다. 한 창때의 젊은 여성이 그런 일을 맞닥뜨린다면 '와……'가 아니라 '우왓! 거짓말 아냐?!' 하고 팔짝팔짝 뛴다고 해도 전혀 이상하 지 않다.

'건강하고 활발하며 밝고 살짝 교양 없는 시골뜨기 아가씨' 크리스틴, 거기서부터 다시 연기해보기로 했다. 그러면 어떻게 될까? 오페라극장에 온 다양한 사람들과 만나며 크리스틴이 한 사람의 여성으로 세련되게 성장해가는 과정이 보이기 시작하는 듯했다. 유령은 처음부터 일관되게 어둡다. 크리스틴은 거기에 맞춰 같이 어두워지는 게 아니라 오히려 밝은 모습으로 대비를 이룬다. 어둠은 음울함을 더하지만, 빛은 구원으로 다가온다.

모순으로 가득하고 공감하기 어려운 여성상이었던 크리스틴 이 마침내 피가 통하는 확실한 존재가 되었나. 끊임없이 찾아 헤 매던 크리스틴은 어디에도 없었다. 그것은 내가 만들어가는 것이 었다.

이야기 전체의 톤을 생각하는 건 내 일이 아니었다. 전체를 감독하는 건 연출자에게 맡기고, 그때그때를 핀 포인트 삼아 최선을 다해 살아가면 되는 것이다.

물론 이것이 결론은 아니다. 항상 바뀐다. 어떤 과정을 거쳤든, 새롭게 바뀐 것이 정답에 가장 가까운 것이라고 한다. 나는 먼저 이 선에서 파고들어보기로 했다(또 확 바뀔지도 모르지만). 주변 사람들은 내가 돌발적인 행동을 한다고 해도 '뭐야, 그게'라고 투덜대면서도 받아줄 것이다.

도달하는 최종점은 어쩌면 없을지도 모른다. 항상 '좀더 잘할 수 없을까'를 고민하고 끊임없이 생각해야만 한다. 엄청나게 재미있는 일이지만 이런 생각을 하면 하염없이 쓸쓸해진다. 그리고 마주하는 것만이 아닌, 그것을 얼마나 효과적으로 사람들에게 전달할 수 있을까, 그런 기술까지 갈고닦아야만 한다.

연습에 오케스트라 팀이 더해지니 소리는 더욱 중후해졌다. 그리고 연습장에서의 마지막 총연습. 왠지 마지막 장면에서 몸이 지금까지와는 다르게 자연스럽게 움직였다. 연습이 끝난 후 스즈카쓰 씨에게 "그 부분, 오늘은 그런 느낌이었는데요, 어땠어요……?" 하고 불안한 마음으로 물어보았다.

다녀오겠습니다!!

"응, 거기 말이지. 사실은 그렇게 해줬으면 했었어요. 그런데 내가 그걸 지시해버리면 그저 미리 정해진 움직임이 되어버리니까. 그래서 실은 안 스스로 그렇게 움직이길 기다리고 있었어요. 언젠가는 할 거라고 생각하면서. 마지막에 그걸 볼 수 있어서 감동인데!"

지시가 아닌 지시. 지도가 아닌 지도. 하지만 확실하게 만들어져가는 세계.

아, 이렇게 근사한 작품에 출연하게 되다니. 이렇게 행복할 수가.

정답은 없다. 그러니 내가 해야 하는 일은 내가 할 수 있는 것을 십분 발휘하는 것.

'최초이자 최후의 1회' 공연이 30회, 나를 기다리고 있다.

마마친구 지옥에 온 걸 환영해

겐타가
유치원
갈 때의
모습

사무실 매니저로부터 이번에 새롭게 시작하는 드라마 이야기를 들었다.

"4월 편성인데, 아이를 유치원에 보내는 엄마들, 흔히 말하는 '마마친구'들의 불화를 그린 드라마야. 주인공 역할이고."

아이 키우는 이야기일까 생각하며 맞장구를 치던 나는 "그래서 누가 주인공인데요?"라고 물었다.

"뭐? 안이라니까."

"네에?!"

설마 내 얘기를 하고 있는 줄은 몰랐다. 설마. 너무 현실감 없는 '주인공'이란 단어가 꿈만 같았다.

드라마 제목은 「이름을 잃어버린 여신名前をなくした女神」. 아이를

가지면서 형성되는 인간관계에서 여자는 '○○ 엄마'로 불리는 경우가 많다. 당연히 나 자신의 인격보다 아이가 우선된다.

엄마들이 자라온 환경은 대체로 완전히 다르다. 처해 있는 사정이나 가치관도 각자 다르다. 그 자체만으로도 인간관계가 어려운 판에 입시_{대학뿐만 아니라 유명 사립 유치원 입학부터 시작된다}까지 더해지면 문제는 한층 심각해진다. 어떤 순위의 학교에 시험을 보게 할까? 같은 학교를 지원한다면 라이벌이 적은 편이 좋다. 중학교부터 시작되는 입시와는 달리 유치원과 초등학교의 입시 합격 여부는 부모가 져야 할 책임이나 부담이 크다. 중압감 속에서 엄마는 아이의 행복을 위해 묵묵히 노력한다. 가끔씩은 그 열정이 칼날이 되어 라이벌 엄마를 공격하기도 한다.

'드라마를 만들기 전에 다양한 취재를 했는데, 어마어마한 건 아니어도 각본에는 담을 수 없는 끔찍한 사건들이 버젓이 일어나는 세계'라며 프로듀서가 실제 일어난 몇몇 사건을 들려주었다. 라이벌이 합격을 하면 자신이 그 아이의 엄마인 척하며 합격을 취소하는 전화를 건다. 시험 날 라이벌의 집으로 소방차를 부른다. 물건을 훔친다. 법에 저촉되는 경우도 많았고, 전혀 생각지도 못한 이야기에 놀라 입을 다물지 못했다.

드라마는 마마친구 간의 불화와 그 상황에서의 '재생_{再生}'을 주제로 전개된다. 엄마로서, 아내로서, 여자로서, 한 사람의 인간으로서. 마마친구끼리, 남편과, 어떨 땐 아이와 부딪치고 상처받고 상처주고 서로 의지하면서 각자의 빛을 찾아간다. 마마친구는 다섯 명. 이들의 아이는 여섯 명. 그리고 남편들. 열여섯 명의 드라마가 시작되었다.

나는 28세의 주부 아키야마 유코秋山侑子. 아이는 겐타健太, 남편은 다쿠미拓水. 촬영 전 처음으로 가족이 모였을 때 겐타는 수줍어서 고개를 숙이고 있었다. 나는 막내라 어린아이와 만날 기회가 별로 없기 때문에 어떻게 친해져야 할지 몰라 우선 초콜릿을 가지고 갔다. 회유 작전이었다. 진짜 엄마에게 줘도 되는지 묻고 "이거, 먹을래?!"라며 건네줬다. "고, 고맙습니다." 겐타는 조심스럽게 받았다. 실제 나이는 배역보다 두 살 많은 일곱 살. 그래도 아직 어린앤데 인사를 제대로 했다. 겐타의 대본에는 형광펜으로 확실하게 선이 그어져 있었다. 진짜 엄마와 연습을 많이 해왔을 것이다. 나도 몸이 조여드는 느낌이었다.

유치원이나 공원 등을 배경으로 낮 촬영이 많은 드라마였다. 자연스럽게 놀이기구나 주변의 돌, 나뭇잎을 가지고 놀기도 하고 함께 노래를 부르거나 손장난을 치는 일이 많아서 조금은 응석꾸러기인 겐타와 금세 친해질 수 있었다. 이동할 때는 손을 잡았다. 촬영이 시작된 후 모니터를 할 때 보니 아이와 함께 있는 내 웃는 얼굴이 부드러워 놀랐다. '아, 나, 아이를 좋아하네!' 첫 발견이었다.

어느 날 겐타를 오해해서 야단친 것을 사과하는 장면이 있었다. 대본에는 '유코, 눈물을 흘린다'고 쓰여 있었다. 왜 우는 걸까? 가족끼리니까 '미안해' 하면 되는 게 아닌가? 나는 아무래도 이 '눈물'을 이해하지 못한 채 촬영에 들어갔다. 공원 벤치에 앉아 겐타에게 이야기를 꺼낸다. "왜 알아주지 못했을까? 미안해

……." 그렇게 대사를 했지만 눈물이 나지 않았다. 몇 번이고 도전했지만 그럴 때마다 조감독은 "네, 일단 컷 하겠습니다"라고 소리치며 촬영을 멈췄다. 이대로라면 촬영이 끝나지 않을 게 뻔했다. 낮 촬영이었고, 그 뒤에도 다른 장면의 촬영이 있었다. 태양은 기다려주지 않는다. 시간이 흘러간다. 감독님이 모니터가 있는 곳에서 내게로 다가왔다. "굉장히 중요한 장면이야. 안 된다고 포기해서 안약 쓰지 말고, 여기는 진짜로 눈물을 흘려줘. 그때까지 기다릴 테니까. 제대로 보여주자."

다시 시간이 흘렀다. 내가 울지 못하니 겐타도 그대로 자리에 앉아 기다리고 있었다. 고개를 숙이고 있던 나는 겐타의 손을 보았다. 한 손으로도 완전히 감쌀 수 있는 작디작은 손. 그 순간, 숨이 멎는 것 같았다. '이 아이는, 겐타는 내가 전부구나!' 그냥 하는 말이 아니라, 다섯 살 아이에게는 엄마가 세계의 전부인 것이다. 엄마가 기뻐하면 아이도 기쁘고 엄마가 슬퍼하면 아이도 슬프다. 그 반대도 마찬가지다. 그렇기 때문에 겐타는 사실을 말하지 못했고 엄마인 나는 그런 겐타를 믿어주지 못했다. (미안해, 미안해) 감정이 맹렬하게 복받치는 것을 느꼈다.

조감독을 필두로 한 스태프들은 내 모습을 보고 기계에 스위치를 켜기 시작했다. "기다리게 해서 죄송해요. 지금 부탁드려요." 촬영이 다시 시작되었다. 대사 하나하나가 마음 깊은 곳에서 올라온 감정과 함께 토해졌다. "미안해." 그렇게 말하자 눈물이 끝없이 흘러내렸다. 마지막에는 화해의 눈물과 함께 웃었다. 눈물범벅이 된 채 웃으며 촬영을 마쳤다. "체크, 오케이!" 감독님의 목소리가 울리고 스태프들은 동시에 기계 정리에 들어갔다. "죄송합니다!" 모두에게 머리를 숙이고 감독님 쪽으로 갔다. 감독님은 일어서서 기다리고 있었다. "좋았어"라며 손을 내밀었다. "감사합니다." 진한 악수를 나누었다.

나와 겐타는 당연히 피가 섞이지 않았고 드라마를 찍는 동안 만나는 것뿐이었다. 그 안에서 모자母子라는 관계성을 만들어간다. 겐타는 어머니의 날5월 둘째 주 일요일. 일본에는 어머니의 날, 아버지의 날이 따로 있다에 카네이션을 주었다. 그날 촬영이 끝나고 "여기, 엄마!"라며 건네받았을 때는 나도 모르게 코끝이 찡했다. 다른 아이와 놀고 있을 때 왠지 샘내는 표정이 굉장히 기뻤다. 피곤해서 멍하니 앉아 있으면 아무 말 없이 사탕을 내밀 때는 눈물이 날 것 같았다. 다른 마마친구 역의 여배우들과 "우리 애는 말이야……"라며 자기 아이를 칭찬하기도 했다. '거짓' 세계 속에서 '진짜'는 날이 갈수록 확립되었다.

3개월 반 동안 계속된 촬영의 마지막 날, 마지막 장면은 어쩌다 찍지 못한 한 컷뿐이었다. 그것도 부모와 아이가 걸어가는 뒷모습. 카메라로 돌려보면 10초면 끝난다. 물론 이것도 어엿한 연기지만, 신경을 곤두세우지 않아도 될 것 같은 기분이었다. 개운한 기분도 있었지만 '끝났다!'는 실감은 전혀 나지 않았다.

내가 분장을 시작하면 겐타는 언제나 거울 주변을 돌아다닌다. 그런데 그날은 평소와 다르게 왠지 들떠 있었다. '에헤헤-' 하고 웃으며 노래하고 춤추면서 뛰어다녔다. 분장을 마친 나도 "좋았어, 나도 같이-!" 하며 함께했다. 맑은 날씨 속에 손을 잡고 콧노래를 흥얼거리며 촬영 장소로 향했다.

"자, 스타트! ……체크! ……오케이!"

정말 이런 속도였다. 라스트 컷(뿐이지만)의 체크가 시작되자 촬영장은 왠지 뒤숭숭해졌다. 여기저기에서 스태프들이 모이기 시작했다. "그러면……" 조감독이 사람들을 모으며 말했다. "아키야마 유코 역의 안 님. 올업all up입니다!" 스태프들이 와- 하며 박수를 쳤다. 어느샌가 겐타가 안에서 커다란 꽃다발을 안고 왔다. "우아, 겐타, 고마워!" 꽃을 받고 모두에게 인사를 했다.

"첫 주연으로 부족한 점이 많았지만, 여러분 덕에 끝낼 수 있었어요! 정말 감사합니다!"

메이킹용 카메라가 돌고 있다. 겐타는 연기할 때를 제외하고 텔레비전에서 솔직한 이야기를 요청하면 갑자기 부끄러워 말을 잘하지 못한다. 그런 면이 귀엽다. 이때도 조금 전까지 들떠 있던 모습은 사라지고 시무룩이 아래를 보고 있었다. "왜 그래, 겐타!" 하고 부르자 깜짝 놀라 이쪽을 본다. 꽃다발을 안고 쪼그려 앉은 내 볼에 뽀뽀를 해주었다. 나는 '마지막에 끝나면 눈물이 나겠지' 예상했지만, 마지막이라는 실감이 나지 않아서인지 아무렇지 않았다.

"자, 모두 빨리 철수해주세요!"라는 조감독의 목소리에 모두가 흩어지려는 순간이었다.

"……흑……흑……"

"……겐타?"

가까이 가서 보고는 깜짝 놀랐다. 겐타가

행복한 엄마와 아들

울고 있다. 아침의 들뜸도 조금 전의 시무룩함도 오늘로 촬영이 끝난다는 슬픔을 참고 있었던 것이다. 이렇게 애처로울 수가.

웃으며 말을 건네는 내 눈에도 눈물이 흘러내렸다. 나도 모르게 젠타를 껴안았다. 젠타의 진짜 엄마가 "어제도 이제 끝난다고 울어서, 감사 편지가 눈물로 얼룩지는 바람에 다시 썼어요"라고 했다. 젠타가 준 편지에는 '저 잊지 마세요!'라고 쓰여 있었다.

어떻게 잊을 수가 있겠니? 경험한 적 없는 엄마 역할. 아무리 연기라고 하지만 이렇게 귀여운 아이를 가질 수 있었던 것은 더없는 행복이다.

'거짓' 세계 속의 '진짜'가 화면 속에서 반짝 빛났다.(늦었다고 핀잔주지 마세요!) 그 사실을 첫 주연을 맡은 작품에서 알게 되었다. 「이름을 잃어버린 여신」에 참여한 배우들, 스태프 여러분, 그리고 시청해주신 여러분, 감사합니다!

친애하는 베라님

베라의 채찍은
아프답니다

친애하는 베라님, 안녕하시죠? 지난 드라마 「요괴인간 벰」에서 많은 도움을 받았습니다. 당신이 내 안에 있던 4개월은 지금까지 보지 못한 나 자신을 본 것 같아 정말 이상한 기분이었어요.

'요괴인간 벰을 실사화한다'는 제안을 받은 것은 2011년 여름이었죠. 이렇게 얘기하면 당신은 화낼지도 모르지만, 그때 내 머릿속에는 '요괴인간 벰'이라는 만화영화가 예전에 있었구나, 하는 정도의 이미지밖에는 없었어요.

"내가 요괴인간 벰, 베라, 베로의 베라라고?"

허둥대며 '베라'로 영상 검색을 해보았습니다. 그러자 바다에 있는 베라(놀래기의 일본어)라는 물고기만 잔뜩 뜨더군요. 다시 '요괴인간'이란 단어를 넣어서 검색해보니 드디어 당신의 모습이 나타났습니다. 창피한 이야기지만 그때까지만 해도 나는 '요괴인간'의 주인공은 작은 남자아이, 즉 베로라고 착각하고 있었습니다. 벰은 크고 무서운 남자였어요. 그리고 베라! 키가 큰 여성이라는 것은 나와 당신의 공통점이었어요. 거기까지는 알겠는데, 당신 손가락이 세 개더군요. 이걸 드라마로 실사화하게 된다면, 나는 촬영을 기다리는 동안 물도 한 잔 못 마시고 고생할 것 같았어요. 손톱도 길어서 문의 손잡이조차 못 잡고, 도시락 먹을 때 젓가락질도 안 될 것 같아 걱정이 앞섰어요. 눈의 흰자위도 노랗고(노른자위라고 해야 하나요?), 아이섀도도 진하고 입술은 찢어질 듯 빨개서 박력 있더라고요.

　나는 바로 1968년에 방송을 시작한 텔레비전 시리즈의 DVD를 구해서 보기로 했습니다. '베라를 연기한다'는 시점에서 보았기 때문에 당연히 베라의 모습이 나오길 이제나저제나 기다리고 있었습니다.

　……기절초풍하는 줄 알았습니다. 허걱, 신음이 흘러나왔어요. 놀라움을 감출 수가 없었어요. 당신의 첫 등장은, 잘린 목만 떠 있었거든요. 그것도 높디높은 웃음소리와 함께요. 게다가 '오늘 밤 잘 곳이야'라며 철교 고가에 박쥐처럼 거꾸로 매달려 나란히 사이좋게 자거나, 무슨 일이 있으면 채찍을 휘둘러 흉측한 요괴의 모습으로 변신하더군요. 무대 설정은 외국인 것 같았지만 당신은 에도江戸, 도쿄의 옛 이름의 언니들이라도 되는 양 험한 말만 썼어요.

　"이거…… 어디서 어디까지, 어떻게 실사화할 거지……?"

드라마는 오래달리기와 같습니다. 3개월 동안 매주 방영 시간에 차질이 없도록 4개월간 바통을 놓치지 않고 이어달려야 합니다. 그런 제한된 시간 속에서 할 수 있는 일들은 어쩔 수 없이 한정됩니다. 내가 이런 투정을 부리는 까닭은 그저 힘들겠다고 귀찮아하는 게 아니라(진심입니다!) 어떻게 실사화될지 도저히 상상이 되지 않았기 때문입니다.

그러던 중 방송국에서 본을 뜨러 오라는 연락을 받았습니다. 특수 분장을 하기 위해 얼굴과 어깨 본을 사전에 떠야 한다며, 드라마의 구성 등에 대한 자세한 설명은 감독이나 프로듀서가 그때 해준다고 했습니다. 특수 분장은 처음이어서 왠지 설렜습니다. 특수한 소재로 얼굴을 덮고 그것이 단단하게 굳으면 벗어 그 속에 석고를 부어 얼굴 형태를 만든다고 합니다. 특수 분장팀이 "얼굴에 붙이는 소재는 해초로 만들어서 좀 무겁긴 하지만, 팩하는 느낌이니까 편안하게 해주세요"라고 했지요. 재료를 얼굴에 올린 뒤에는 미라처럼 얼굴 전체에 붕대를 감았습니다. 콧구멍으로 숨은 쉴 수 있게 해놓았지만, 입은 소재를 제거할 때까지 움직일 수 없었어요. 이대로 떨어지지 않으면…… 하는 생각을 하니 섬뜩해져서 가능한 한 생각하지 않으려 했지만, 얼굴에 붙인 걸 다 벗기고 나서 보니 긴장으로 입을 꼭 다물고 있어서인지 턱 부분이 쪼글쪼글한 매실처럼 되어 있었어요.

본을 뜨는 곳에는 주요 스태프들이 모여 있었습니다. 총연출은 2년 전에 제가 여고생으로 출연한 드라마 「사무라이 하이스

쿨」에서 같이 일한 가리야마ᵃᵃᵃᵃ 씨여서 조금은 안심했어요. 프로듀서인 가와노ᵃᵃᵃᵃ 씨는 개성 있는 옷차림 때문에 별난 사람으로 보이지만, 정열적인 눈동자는 불타고 있었습니다.

"요괴인간들은 빨리 인간이 되고 싶다고 진지하게 말하죠. 그 시점에서 인간이라는 존재를 되돌아보는 휴먼 드라마로 갈 겁니다."

나는 애니메이션을 보고 요괴가 싸우는 액션 드라마가 될 거라고 예상하고 있었기 때문에 휴먼 드라마라는 말에 놀랐어요.

"비주얼은 가능한 한 현대의 일본 풍경을 최대한 반영해서 현실감 있게 재현하고자 합니다. 그러니 손가락은 다섯 개로 갑니다."

그 대신 인간의 모습일 때도 요괴의 잔영이 남아 있다는 설정이어서 각각 어깨와 이마에 비늘 같은 것이 돋아 있고, 조금 전에 본을 뜬 것도 그것 때문이라고 했습니다. 의상의 원안 일러스트도 받았습니다. 다음번에는 의상도 맞춰볼 테니 아이디어가 있으면 그때까지 생각해두라는 말과 함께 그날은 해산했지요.

그리고 드디어 의상을 맞춰보는 날이 왔습니다. 일반적으로 여러 패턴의 의상 몇 벌을 시험 삼아 입어보고 방향을 정하기 때문에 약 한 시간 정도면 되죠(나는 신체 사이즈가 규격 외라서 의상 확인을 몇 번 해야 하는 때도 많지만요). 하지만 이번에는 갈아입지도 않고 그저 한 벌이었는데도 세 시간 반이나 걸렸답니다! 변화가 있으면 안 되는 요괴 의상은 한 벌뿐이기 때문에 오히려 그렇게 된 거였죠. 지금 확정하지 않으면 촬영이 시작된 후에는 수정할 수가 없어요. 모두 모여 다양한 의견을 내놓았답니다. 베라, 당신을 실사화한다는 것은 여간 어려운 일이 아니에요. 망토를 한 장의 천으로 만들면 너무 눈에 띄니까 트렌치코트에 커다란 깃을 붙이는 건 어떨까? 제안했지요. 그렇게 하는 것이 인간에게는 보여서는 안 되는 어깨의 요괴 부분을 일상의 움직임에서 들킬 염려가 덜할 테니까요. 그리고 뒷모습이 날렵해 보이도록 허리 주변에 포인트를 넣었어요. 이마의 비늘을 숨기는 것도 어떻게 할지 고민했지요. 앞머리로 숨기기는 하지만 그것만으로는 완전하지 않아요. 앞머리를 장식품으로 고정할 필요가 있었어요. 벰은 모자, 베로는 고글, 베라는……? 타이거 릴리네버랜드에 살고 있는 인디언 추장의 딸이며 피터팬의 친구처럼 가는 끈으로 고정시키자는 아이디어도 나왔습니다. 최종적으로는 그리스 조각같이 월계관 머리띠를 뒤에서 앞으로 하기로 했어요. 오리지널 애니메이션에는 없는 아이템이지만, 앞머리를 고정함으로써 정면에서 본 베라의 비주얼은 애니메이션에 가까워진 것 같은데…… 마음에 드나요?

결국 그 후 두 차례의 의상 확인을 거쳐 무사히 의상안도 정리되었고, 나는 이불을 뒤집어쓰고 높은 웃음소리를 연습하며 촬영 개시를 기다렸습니다.

촬영이 시작된 후에는 시간이 금세 흘렀습니다. 엄청 충실하게 보낸 4개월이었지요. 당신의 행동과 말투를 표현할 때, 스스로도 들어본 적 없는 목소리와 표정에 나 자

이불 속에서
높은 웃음소리 연습하기

아-핫핫핫!

신도 깜짝 놀랐답니다. 큰 남자인 벰은 가메나시ヵメナシ 씨가 섬세하고 순수하면서도 중성적인 청년을 연기했지요. 일곱 살의 후쿠フク 군이 연기한 천진하고 귀여운 모습의 베로는 오랫동안 변하지 않는 모습으로 방황해온 내면과의 차이 때문에 웃음 짓게 하고 또 눈물 흘리게 했어요.

벰, 베라, 베로 세 명(애니메이션에서는 세 마리로 표현되더라고요. 그들은 완전한 인간이 아니니까요)은 아무리 박해를 받아도 '인간이 되고 싶다'는 순수한 동경을 품고 있지요. 인간을 향해 "당신, 인간이지?"라는 대사에서 처음으로 '아, 그렇지. 나는 인간이었지'라는 자각을 했어요. "당신, 이런 사람이네요" "○○인이네요"라고는 하지만, "인간이지?"라고는 좀처럼 묻지 않죠. 인간이라는 본질, 평소 땅속에 숨겨져 있던 뿌리를 뽑힌 것 같은 기분이었어요. 지금도 나도 모르게 "인간은 말이지"라고 말하곤 합니다.

셋은 인간에게 정체가 들통나지 않도록 어둠 속에 숨어 살아가기 때문에 따뜻한 식사나 잠자리, 정해진 삶의 터전과는 인연이 없어요. 그들이 우연히 그런 작은 행복과 만날 때면, '아, 그렇지. 우리가 당연하게 생각하던 일상은 굉장히 행복한 것'임을 알게 되었죠.

벰, 베라, 베로. 당신들은 소중한 것들을 발견하게 하고 가르쳐 주었답니다. 나는 베라 역으로 이 세계 속에서 살아갈 수 있었던 것을 정말 행복으로 여겨요. 고맙습니다.

베라, 4개월간 함께해줘서 고마워요. 드라마 촬영이 끝난 지도 4개월이 지났습니다. 지금도 당신이 있던 자리가 가슴속에 휑한 구멍으로 남았고, 그곳은 채워서는 안 되는 곳 같아서 그대로 두고 있지만, 언젠가 당신은 다시 내게로 와주실 건가요? 그런 멋진 일이 생기길 기대하며 우선은 잠시 동안 당신의 자리를 그대로 두려 합니다.

그럼……

이만 실례하겠습니다.

확대되는 만남

투수 탁탁 씨

어디선가
본 적이 있는 듯

어린 시절 야구를 했다고 하면 모두 놀란다. '여자아이가 야구?' 그것도 리틀 리그에 있었다고 하면 놀라는 소리는 더 커진다.

그렇다. 초등학교 시절 나는 리틀 리거였다. 그렇다곤 해도 초등학생이었다. 내 나름으로는 진지하게 임했던 것 같은데, 지금 생각해보면 그저 좋아서 열심히 한 정도였다는 말이 옳을 듯하다. '야구 소녀'라는 말을 들으면 다들 애니메이션이나 만화 속 모습을 상상하는 경우가 많기 때문이다.

어쨌든 어렸을 때 나는 야구를 즐겼다.

계속했더라면 좋은 성적을 남길 수 있었으리란 기대는 털끝만큼도 없지만, 고시엔甲子園, 효고현 니시노미야시의 야구장. 이 구장에서 개최되는 고등학교 야구 대회도 고시엔이라고 한다에 여자는 나갈 수 없다는 사실을 알고 어린 마음에 조금은 낙담하기도 했다. 하지만 이 일을 시작하고 얼마 지나지 않아 '고교야구 이미지 캐릭터'라는 형태로 고시엔에 참여할 기회가 생겨 너무도 기뻤다.

지금도 야구 보는 것은 좋아한다. 하지만 딱히 어느 팀의 열광적인 팬이라기보다는 야구를 보는 행위 그 자체를 좋아하는 것 같다. 시합에 갈 기회가 생긴다면 팀에 상관없이 가보고 싶다. 파인 플레이에는 공격 수비 관계없이 소리 높여 응원하기 때문에 주위의 눈총을 받는 경우도 종종 있다.

하지만 굳이 팀을 골라야 한다면, 역시 제일 끌리는 것은 내가 태어난 도쿄에 속한 팀이다. 『거인의 별巨人の星』과 『신新거인의 별』을 애독하고, 소속했던 리틀 리그 팀이 모두 모여 하라 다쓰노리原辰德 선수의 은퇴 시합을 보러 갈 정도로 거인에는 각별한 애정을 가지고 있다.

이런 이유로 일하는 현장에서 야구 이야기를 할 때면 "그렇게 야구를 좋아하니 언제 시구식에 나갈 수 있으면 좋겠다"고 말해주는 사람도 많았다.

"그러게요. 그런 일이 일어나면 좋을 텐데요."

'그런 일'은 언제나 갑작스럽게 일어난다.

"이번에 시구식에 나와달라는 요청이 왔어."

매니저의 말에 나는 정말이지 내 귀를 의심하지 않을 수 없었다. 너무 갑작스럽잖아! 정말로, 정말? 마치 장난감 총에 맞은 비둘기처럼 매니저에게 다가가는 나.

꿈에서도 본 시구식. 그것도 몇 번이나 간 도쿄 돔, 더구나 거인 한신전. 어느 한 부분만 잘라내도 꿈만 같은 이야기다. 제안이 갑자기 틀어지면 어떡하지? 불안해하는 마음과는 달리 내 발은 자연스럽게 이다바시飯田橋에 있는 야구용품 전문점으로 향했다.

야구에서 손을 놓은 지 10여 년. 나는 원래 외야수('야구광의 시野球狂の詩'에 매료된 코치가 투구 연습을 시킨 적도 있지만 나에게 맞지 않는다는 것을 알고 결국 레프트로 안착했다)였다. '예전에 하던 가닥'이라는 말이 있다고는 하지만, 이번에는 그 말을 그대로 적용할 수 없을 것 같았다. 연습, 연습만이 살길이다. 내 눈에는 어딘가에서 본 것 같은 불꽃이 소용돌이쳤다. 볼에는 세 줄이 그려져 있었을지도 모른다.

헤이세이平成, 1989~2019년까지의 일본 연호의 호쿠사이가쓰시카 호쿠사이 葛飾北齋, 일본 에도시대의 우키요에 화가. 93번이나 이사했다를 자칭할 정도로 이사를 자주 했던 나는 그 과정에서 애용하던 글러브를 잃어버리고 말았다. 마음 같아서는 사용하던 글러브가 있다면 더욱 드라마틱하겠지만, 애석하게도 남아 있다 하더라도 사이즈가 작을 테니 다시 구입하기로 했다.

금방 새로 산 것보다 사용감이 있는 것이 좋다는 것은 모든 도구의 불문율이다. 야구를 하는 사람은 누구나 '신품 글러브에 상처 내기 의식'을 치른다. 연습을 마치고 귀가한 후 글러브를 펴서 엉덩이 밑에 깔고 앉거나, 한 손으로 글러브에 계속 공을 넣어보거나(멀리서 보면 박수치는 것 같은 움직임), 가죽을 부드럽게 할 수 있는 모든 길들이기를 시험해보는 것이다.

그런 이유로 실전의 날까지는 시간이 별로 없었지만, '손에 익은 글러브'를 얻을 수 있다면 더할 나위 없을 것이다. 야구용품 전문점에서 혼자 팔짱을 끼고 모자를 깊숙이 눌러쓴 하이힐의 아가씨. 오랜만에 보는 야구용품에 속으로는 좋아서 어쩔 줄 몰랐지만, 남들 눈에 냉정해 보이도록 글러브가 진열된 선반을 가만히 바라보았다. 상당히 이상한 모습이었을 것이다. 그중 몇 개를 손에 끼워본다. 아, 이 느낌. 가죽 냄새, 손목의 털 부분. 신제품의 딱딱함을 길들이기 위해 따뜻한 물에 담가주는 서비스도 있다는 안내문이 적혀 있었다. 하지만 며칠 걸린다고 한다.

"흐음."

문득 발치를 내려다보니 상자 속에 익숙한 느낌의 글러브가 들어 있었다. '진열품 특가!' 하나를 들어올려 살펴보니 확실히 꽤나 낡아 있다. 글러브를 펼쳤다 닫았다 해보니 새 제품에서는 좀처럼 느끼기 힘든, 딸깍딸깍 움직이는 게 굉장히 부드러웠다. 좀 낡긴 했지만 손에 붙는 느낌은 무시하기 힘들었다. 손을 글러브에서 빼고 전체를 찬찬히 살펴보았다.

"앗."

처음에는 몰랐는데 글러브 안쪽 손을 넣는 곳에 자수가 놓여 있었다.

아마도 자수를 놓은 샘플 상품으로 만든 거겠지. 중요한 건 거기에 적힌 이름이었다.

'다쓰야達也.'

"나도 시구식에 데려가줘!"

……그렇게 말하는 아사쿠라 미나미_{淺倉南}, 만화 「터치」에서 다쓰야와 미나미는 사랑하는 사이다의 목소리가 들리는 것 같았다.

구입 결정! 글러브 외에도 연구_{軟球}와 경구_{硬球}도 하나씩 샀다.

그라운드의 복귀를 위해서 먼저 '다마칸_{タマカン}'을 되찾아야만 한다. 이 말은 볼에 대한 감각, 즉 '다마칸_{タマ勘}'이라고 쓴다(진위 불명). "다마칸이 있는 사람은 웬만큼은 시구할 수 있다"고들 말한다. 어쨌든 공을 만지고 있는 것, 공과 사이가 좋아지는 것, 재활의 첫발은 거기서부터다.

나는 이튿날부터 일하는 현장에 글러브와 볼을 가지고 갔다. 야구 경험이 있는 남성 스태프들은 나를 기꺼이 상대해주었다. 캐치볼은 마음의 교류라고들 하는데 정말 그런 것 같다. 언젠가 내 아이가 태어난다면 부모와의 캐치볼은 꼭 시키고 싶다. 스태프와 공을 주고받다 보면 나도 모르게 "요즘 학교생활은 어때?"라고 물어보고 싶어진다. 실제로 던지면서 물어보았더니 "어, 알아. 알아. 그런 느낌이지!"라며 공감해줬다.

비는 시간이 그렇게 많지 않아 캐치볼을 오래 하진 못했지만, 그것만으로도 충분히 즐거웠다. 캐치볼은 평화의 씨앗을 만들어 낸다는 것을 다시 한번 느꼈다.

결국 그날은 그 이상 캐치볼을 하지 못한 채 촬영이 종료되었다. 좀더 연습하고 싶다! 눈의 불꽃과 볼의 그어진 선, 더구나 눈썹까지 약간 진해진 것 같은 기분이 들어 나는 일이 끝나자마자 신궁 쪽으로 갔다.

도시의 오아시스 신궁 외원. 옛날에 경찰관이었던 할아버지가 너구리를 잡아 신문에 난 곳. 쇼와 중반까지 너구리가 있었던, 녹지로 둘러싸인 공원. 그 중앙에는 도쿄가 연고지인 야쿠르트 스왈로스의 진구 구장이 자리 잡고 있다. 이번 목적지는 그 옆의 배팅 센터에 딸린 피칭 센터. 계속해서 공을 던질 수 있다.

마운드와 베이스가 있고, 스트라이크존에 테두리가 설치되어 있다. 그것을 다시 3×3으로 나누어 '적중 코스'와 스트라이크인지 볼인지를 판단해주는 '심판 코스'가 있다. 양쪽 모두 투구 속도를 측정해준다. 나는 심판 코스를 선택했다.

힘을 주면 내팽개쳐진다. 힘을 빼면 공이 빠져버린다. 시구는 딱 한 번뿐이고, 어떻게 하든 그 공 하나를 스트라이크존에 던지면 되는 것이다. 속도는 그다음 문제다.

옆 마운드에서는 '탁, 탁' 하는 기분 좋은 소리가 울리고 있다. "아이쿠!" "음 – 아깝네." "아, 바보."

혼자 중얼거리는 소리로 시끄러운 내 마운드와는 달리, 묵묵히 공을 던지고 있다.

슬쩍 옆을 쳐다보니 투구 속도가 표시되는 전광판에는 80킬로미터, 100킬로미터 숫자들이 줄줄이 표시되고 있다. 사는 세계가 다르군. 좀 부럽네.

땀범벅이 되어 닷짱'다쓰야'의 '다'와 아이를 친근하게 부르는 '-짱'을 붙여 글러브를 닷짱이라고 부르고 있다과 함께 엉터리 투구 연습을 하고 있는 내게 '저-'라며 누군가 말을 걸어왔다. 조금 전까지 옆에서 공을 던지던 투수 탁탁 씨였다.

"사인, 받을 수 있을까요?"

물어보니 아내가 첫아이를 출산했는데, 그 아이에게 사인을 부탁한다는 것이었다. 아내가 내 팬이라고 했다.

스포츠 타월에 사인하는 것을 도와주던 탁탁 씨는 "여기 자주 오시나요?"라고 물었다.

"아니요, 몇 번 와본 적은 있지만요. 사실은 다음 주에 시구식이 있어서 연습하러 왔어요."

"우아, 이거 굉장한데요!"

이번에는 반대로 내 쪽에서 물어보았다.

"야구, 하셨어요?"

탁탁 씨는 고교 시절 야구부에서 투수였다고 한다. 지금은 자위대 소속으로, 조금 이따 동창과 만나 진구 구장으로 시합을 보러 가기로 했단다.

"캐치볼이나 벽 맞추기는 방위성이 넓어서 좋아요!"

그렇긴 해도 일반 시민에게 벽 맞추기를 하도록 허락해줄까?

이런저런 이야기 중에 야구 연습을 함께 해주기로 했다.

탁탁 씨의 지적은 역시 핵심을 찌르면서 알기 쉽고 명확한 것이었다.

"손톱 근육을 베이스 쪽으로 향하게 해서 착지시키세요."

"흠흠."

"던지는 팔꿈치는 어깨보다 위에서 내리꽂으세요. 팔꿈치가 올라가기 쉽도록 모션에 들어가기 전에 팔을 수직으로 올리면 돼요."

"흠흠."

"글러브를 낀 쪽 어깨도 사용해서 던지세요. 마치 복싱의 펀치처럼 뻗는 쪽의 반대쪽을 뒤로 빼고 힘을 실어요."

"오- 흠흠."

발을 신경 쓰면 팔이 제대로 움직이지 않거나 그 반대여서 모두를 동시에 해내는 것은 좀처럼 쉽지 않았지만, 그래도 조금씩 정밀해졌다.

15구 피칭을 한 세트로 두 세트를 봐주었다. 냉방이 되지 않는 피칭 마운드에서 땀으로 흠뻑 젖었다.

"갑자기 가르쳐달라고 해서 정말 죄송해요."

"아니에요, 아니에요."

인사를 하고 마운드를 뒤로하는 탁탁 씨를 따라 돌아갈까도 생각했지만, 다시 한번 가르쳐준 대로 천천히 반복 연습하고 싶은 마음에 다시 15구를 던져보기로 했다.

'탁' 하는 소리까지는 아니지만 그래도 형태가 잡히기 시작했다. 몇 개 남지 않았을 때 뒤를 돌아보니 탁탁 씨는 걱정이 되었는지 돌아와 있었다.

"아직 계셨네요."

"아, 네. 아무래도 한 번 더 연습해보려고요."

"이런 마운드에서 연습하는 것도 중요하지만, 기회가 좀처럼 없을 테니 짬이 날 때 캐치볼을 하는 것도 좋을 거예요. 캐치볼을 할 시간은 있으세요?"

아마도 탁탁 씨는 시구식 전까지 캐치볼을 할 시간을 만들 수 있냐고 물었을 것이다. 하지만 더위로 몽롱해진 나는 지금 캐치볼을 하자는 말로 오해하고 "지금 해주실 건가요?"라는 말도 안 되는 반응을 보이고 말았다.

"에? 아- 좋아요."

조금 당황해하면서도 탁탁 씨는 캐치볼 상대를 해주었다.

"피칭 센터에서는 부드러운 공을 사용했지만, 경구를 가지고 있다면 실제와 같이 경구로 해봅시다. 아, 나는 글러브가 없어도 괜찮아요."

나라면 맨손의 경구 캐치볼은 무서워서 못한다. 역시 탁탁 씨! 아주 손쉽게 경구를 손으로 빨아들인다.

"응, 응. 느낌 좋은데요."

캐치볼은 역시 재미있다. 경구의 이 딱딱한 느낌! 글러브에 안착했을 때의 기분 좋게 절도 있는 소리.

탁탁 씨는 한동안 캐치볼을 해주고는 뛰어서 사라졌다. 어딘가에서 옷을 갈아입고 시합을 보러 갈 것이다.

그러고 보니, 탁탁 씨의 이름도 물어보지 못했다.

그래서 그냥 타탁 씨로 부르기로 했다.

자위대원 탁탁 씨. 정말 감사해요.

탁탁 씨가 "내가 가르친 거야!"라고

당시 사진을 보면 왜 그런지 전체적으로 힘이 빠져 있다

말할 수 있는 투구를 할 수 있었으면 좋겠다.

만석의 도쿄 돔 마운드. 상상만으로도 신경이 곤두선다. 평소 그다지 긴장하지 않는 성격이지만, 아무래도 평정을 유지할 수는 없겠지? 너무 감동해서 울어버릴지도 모르겠다.

야구를 해봐서 정말 다행이다.

그리고 이 일을 할 수 있어서 정말 다행이다.

추신. 탁탁 씨, 미안해요. 역시 너무 긴장을 한 결과 통한의 원바운드였어요.

편지 인연

오도카니

이메일이 당연시된 요즘, 손 편지를 쓸 기회가 확연히 줄어들었지만 편지는 여전히 소중한 거라고 생각한다. 그리고 무엇보다 즐겁다. 학창 시절, 선생님이 나누어준 프린트를 노트에 붙이지 않고 일일이 손으로 옮겨 쓰거나 사전의 항목을 하나씩 옮겨 적었던 생각을 하면 내가 손으로 글씨 쓰는 것 자체를 좋아하는지도 모르겠다(그런데도 전혀 어른스럽고 아름다운 필체는 아니다).

감사한 기분.

'여행지에서 느낀 것'을 누군가와 나누기.

엽서는 미술관이나 여행지에서 산 것을 쓴다. 그런 데서 파는 엽서는 일단 사고 보는데, 보통 100장 넘게 산다. 구입한 엽서들은 커다란 상자에 빼곡히 들어 있다. 수요와 공급의 균형은 이미

깨진 지 오래인데도 특별한 장소에 갈 때마다 어김없이 사들이고 있다. 사서 바로 쓰지 않아도 수중에 엽서가 많으면, 그때그때 기분에 맞는 엽서를 골라 쓸 수 있다. 어떤 걸 고를지 생각하는 것만으로 이미 즐겁다.

책을 선물 받으면 책이 그려진 그림엽서에 답장을 쓸까?

아니지, 책 내용이 우키요에浮世繪, 에도시대에 유행한 유녀나 연극을 다룬 풍속화나 춘화였으니 우키요에 그림엽서는 어떨까?

아, 노란색을 좋아한다고 했으니까 노란색 바탕의 단풍 그림엽서가 좋겠다. 주로 이런 식이다.

긴 문장을 쓸 때는 초안을 미리 써보고 한자가 의심스러울 때는 사전을 펼쳐보기도 한다. 만년필이나 붓펜 혹은 볼펜을 사용하여 큼직하게 써본다. 엽서를 보내기 전에 이미 자기만족의 세계에 빠지는 것이다.

그런 편지가 이어준 인연이 있다.

어느 날 갑자기 한 통의 편지가 왔다. 어떤 잡지의 편집자로부터 온 것이었는데, 내용은 대략 이랬다. "만난 적은 없지만 며칠 전 인터뷰에서 책을 좋아한다고 해서 편지를 드립니다. 추천 도서를 동봉하니, 괜찮다면 꼭 한번 읽어보세요." 출판업계에 있는 사람들은 대개 손 편지에 강하다. 이분의 편지도 만년필의 아름다운 필체로 채워져 있었다.

나는 기쁜 마음으로 바로 답장을 썼다. "보내주신 책의 저자는 저도 굉장히 좋아하는 분이어서 너무 기뻤습니다. 대단히 감사합니다.”

그 후 한 차례 더 편지를 주고받았다. 이
야기를 나누다 보니 꽤 깊은 이야기까지
했는지도 모르겠다. 지금 생각해보면 왠지 펜
팔 같았다. “이번에 멋진 여행지 순례 기획을 하고 있는데요. 촬
영하러 가지 않으시겠어요?”

왠지 재미있을 것 같다고 기대하던 중, 편집자 I 씨는 정말로
내가 일하는 사무실에 공식 제안서를 보냈다. 매니저로부터 이
야기를 전해 듣고 “꼭 하고 싶다!”고 바로 대답했다.

아침. 하네다 공항.

…… 나 혼자다.

I 씨 일행은 이미 사전 답사 중이어서 현지에서 만나기로 했
다. 비행기에서 내려 로비로 갔다. 졸린 눈을 비비며 주위를 둘
러본다. (음, 누가 I 씨지?)

그렇다. 나와 I 씨는 아직 만난 적이 없었다.

내가 하는 일은 의외로 이런 경우가 많다. 일과 관련된 세부적
인 내용은 팩스나 전화로 받게 되는데, 그 작업마저 매니저가 처
리하다 보니 나는 목소리조차 모르는 경우가 허다하다. 아는 거
라곤 I 씨가 여성이라는 것 정도다.(만약 중성적인 이름이었다면……)
I 씨는 내 얼굴을 알고 있을 테니까 그쪽에서 알아봐주기를 기다
리는 수밖에 없었다.

“안 씨죠?”라고 말을 걸어준 사람은 I 씨였다.

“네, I 씨죠? 잘 부탁드려요.”

165

편집장 H 씨도 함께 있어서 서로 인사를 나눴다. 물론 H 씨와도 첫 만남이었다. I 씨는 안경을 썼고, 첫인상은 매우 성실하고 말수가 적을 것처럼 보였지만, 실제로 이야기를 해보니 작은 일에도 아하하하, 오호호호 잘 웃어서 덩달아 웃을 수밖에 없는 사람이었다.

촬영지는 모두 멀지 않은 곳에 있었고 날씨도 좋아 촬영은 순조롭게 끝났다.

날이 저물어 호텔에서 잠깐 쉬고 저녁을 먹으러 나갔다. 좀 무리하면 당일에 도쿄로 돌아올 수 있는 일정이었지만, 인터뷰까지 하면 너무 촉박하다. 편지만 주고받다 어렵사리 만났으니 인터뷰 겸 저녁이라도 먹으며 천천히 이야기도 나누고, 이튿날 아침에 돌아가기로 했다.

저녁은 예전에 내가 일 때문에 이곳을 방문했을 때 소개받은 식당에서 먹기로 했다. 그 지역에서만 나는 제철 식재료를 아낌없이 사용한 요리가 끝도 없이 나온다.

"음, 우선 맥주 세 개 주세요."

탕. 탕. 탕. 기분 좋은 소리를 내며 생맥주가 테이블에 등장했다. 동시에 딸깍딸깍 두 대의 녹음기가 켜졌다.

물론 I 씨와 H 씨의 녹음기다.

"취재니까 테이프 돌릴게요!"

먹고 마시며 인터뷰라니, 도대체 어떻게 돼먹은 사람들이야? 라고 생각할지도 모르지만, 내용은 놀라울 정도로 훌륭했다. 분위기가 편안하니까 대화도 더 편하게 진행되었을지도 모른다(어쨌든 나도 술을 마시면서 인터뷰를 하는 건 처음이었을 것이다). "몇 쪽짜리 기사가 아니라, 책을 만들어도 되겠어요!"라는 이야기가 나올 정도로 다양하면서도 심도 깊은 이야기를 나누었다.

도리비도리아에즈 비루とりあえずビール. '일단 맥주부터'라는 뜻으로, 술자리에서 본 격적인 주문을 하기 전에 우선 맥주부터 시키는 것에서 나온 말는 목을 축이기에 딱 알맞았고, 이슬 맺힌 생맥주잔은 금세 바닥을 보였다.

"다음엔 뭐 마실래요?" 물어보니 둘이 동시에 외쳤다. "소주. 록으로!"일본의 소주는 쌀, 보리, 고구마 등을 증류식으로 만들며 종류가 굉장히 많다. 록은 얼음에 타서 마시는 방식이다.

가게 주인은 추천 소주의 이름과 특징을 줄줄 읊었다. 소주를 거의 마시지 않는 나는 "에- 호오- 그렇구나"를 연발했다. 일본 술의 산지와 이름을 질릴 정도로 듣고 난 후, "음- 그럼 추천하는 걸로 할게요"라는 실례되는 주문을 했다. 1합合, 180.39밀리리터을 홀짝거리며 마셨다.

I 씨와 H 씨는 서너 잔을 적당한 속도로 비워나갔다.

첫 만남이지만 노미니케이션飲みニケーション, 마시다는 의미의 '노무飲む'와 커뮤니케이션コミュニケーション의 합성어의 힘은 대단하다. 흥겨운 저녁 자리는 순식간에 끝났다. 나는 하고 싶은 다양한 일과 소망을 말하면서 말끝마다 "뭐- 파란! 파란 의견구체적이고 현실적인 것이 아닌, 막연한 희망이라는 뜻으로 파랗다고 한 듯하다이지만요!"라고 해 웃음을 자아냈다. 지금 생각해보면 뭐가 그리 재미있었는지 모르겠지만, 분명 그날의 분위기가 작용했을 거라고 생각하고 싶다.

누가 먼저 "노래 부를까요?"라고 했는지 기억나지 않지만, 가게 안에 흐르는 음악이나 대화 중에 나온 노래에 대한 서로의 성향이 잘 맞아떨어졌기 때문에 이야기가 그렇게 흘러가는 것은 당연했다.

하지만 세 명 모두 업무상 외지로 출장 온 처지여서 노래방이 어디 있는지 알 턱이 없었다. 편집장이 쓰윽 일어서기에 화장실에 가나 했더니 뒤에서 목소리가 들렸다. 계산을 하며 가게 주인에게 노래방의 위치를 묻고 있었다. 역시 저널리스트!

주인은 쾌활하게 "마침 친척이 근처에서 노래방 기기가 있는 가게를 하고 있어요"라며 안내해주었다. 방이 나눠져 있지는 않지만 걱정할 필요는 없다고 했다.

"한 시간만 놀아요!"

한 시간으로 안 될 것 같다는 예상은 적중했다. 두세 시간은 있었던 것 같다.

이번엔 세 명 다 하이볼_{위스키에 소다수를 섞어 8온스의 하이볼 잔에 담아내는 칵테일}을 마셨다. 취한 I 씨는 '헤엄쳐, 붕어빵군'_{일본 동요 중 하나}이 다리가 생긴 듯, 손을 휙휙 돌리며 춤을 췄고 H 씨는 그저 웃고 있었다. 나도 '오번가의 마리에게五番街のマリーへ' '갓사이喝采' 등 쇼와시대의 노래를 기분 좋게 불렀다. 처음 만난 사람들끼리 이 정도까지 편할 수 있으니, 1박 촬영은 정말 재미있다.

정신을 차려보니 두 사람은 "너 재미있네!"라며 내 이마를 찰싹찰싹 때리고 있었다._{이마 혹은}

머리를 때리는 것은 싸움의 의미도 있겠지만, 일본에서 가볍게 치는 것은 친하다는 표현으로 장난인 경우가 많다. 취한 사람에게서는 그 사람의 본심을 볼 수 있는 것 같아 좋다. 약 열두 시간 전에 처음으로 만난 두 사람에게 이마를 맞으며 밤이 깊어가고 있었다.

이튿날 아침. 로비에는 물이 든 페트병을 사랑스럽게 안고 있는 I 씨가 있었다. H 씨는 아침 햇살을 유난히 눈부셔 했다.

택시에 타자마자 H 씨는 운전기사에게 공항 이름을 알려주며 빨리 가달라고 말했다. 나는 어젯밤 로비에서, 오늘 호텔 출발 시간과 비행기 탑승 시각을 재확인하지 않았던 것이 기억났다.

택시는 탑승 수속이 끝난 뒤에야 공항에 도착했다.

카운터 직원에게 "어떻게 안 될까요?" 부탁하는 H 씨를 보며, 이미 포기한 나는 아침을 먹을 수 있는 식당의 영업 시간을 확인하기 위해 공항 내 안내도를 보러 갔다. 왠지 세 사람의 역할 분담이라고 할까, 하룻밤 사이에 호흡이 척척 맞게 된 것 같았다.

셋 다 깨작깨작 아침을 먹으며 이번 여행을 돌아보았다.

I 씨와 H 씨는 "어젯밤 정말 실례를 했어요, 미안해요……"라고 했지만, 이마를 맞은 건 개의치 않았고 오히려 나도 꽤나 야단법석을 떨었으니 피차일반이었다.

하네다로 돌아와 익숙한 풍경을 보니, 여행지에서 처음 만난 사람과 같이 돌아왔다는 것에 왠지 이상한 기분이 들었다.

"그럼, 또⋯⋯."

간단한 인사를 나누고 헤어졌다. 이후에도 서로 연락하며 지낼 거라는 확신이 있었기 때문이리라. 숙식을 같이하며 추억을 나누었으니까.

정말이지 1박 촬영은 재미있다.

인형극과 포럼

이렇게 쓰는 거야

인형극일본 인형극인 분라쿠文樂는 '가부키' '노' '교겐'과 함께 일본 4대 고전극 중 하나로, 2003년 유네스코 세계무형유산으로 등재되었다. 인형극이라고는 하지만 아이들이 아닌 어른을 대상으로 하며 사랑, 자살극, 역사극 등이 주요 테마다. 17세기경에 시작되었고, 오사카가 본거지다 무대를 처음 본 것은 분명 10대 때였다. 그러니 인형사인 기리타케 몬주桐竹紋壽 선생님과 처음 만난 것도 그때쯤일 것이다.

세세한 것까지 다 기억하지 못하는 것은, 아무런 반감 없이 쉽게 그 세계에 친숙해져 애정을 느끼게 되었기 때문이다.

일의 시작은 초밥집이었다. "오- 안!" 하며 반갑게 맞아주는 주방장은 고맙게도 내가 나오는 잡지를 매달 구입하여 매장 안쪽 전화기 뒤에 진열할 정도로 신경을 써주었다. 주방장의 인품 때문인지 다양한 사람이 모이는 초밥집 바 테이블에 동석하여 알게 된 분이 몬주 선생님이었다. 초밥을 뭉치는 손을 쉬지 않고 "그러니까 안이랑 만나게 해주고 싶었는데. 잘됐네, 잘됐어. 인형극에 관심 있을 것 같아서 말이야"라는 주방장에게, 나는 "네, 관심 있어요!"라고 힘차게 대답했다. 몬주 선생님은 오사카에 살지만 일본 각지를 다니며 공연을 한다. 도쿄 공연이 있을 때는 이 초밥집을 즐겨 찾는다고 한다. 선생님은 "그럼 다음에 보러 오면 되겠네"라며 공연 일정을 알려주었다.

며칠 후 나는 국립 소극장으로 갔다. 몬주 선생님의 초청으로 대기실로 들어가니, 그날 놀릴 인형이 전용대에 걸려 선생님과 함께 출연을 기다리고 있었다. "안, 직접 한번 들어볼래?" 해서 조심스레 인형을 들어 올려 보았다. 인형은 보기보다 무거워 쉽게 움직일 수 없었다. "그러니까 말이지, 인형의 손끝과 시선 끝이 일치하지 않으면 안 되는 거야"라며 선생님이 시범을 보이자 분명 그 순간 인형의 눈 속에 '시선'이 나타났다. "그리고 이 입 모양을 잘 봐." 말씀하신 대로 입을 보니, 인형의 입에는 위쪽으로 구부러진 작은 바늘이 나와 있었다. "이 바늘을 말이지……" 오른팔을 쓰윽 하며 입가로 가져갔다. 그러자 기모노의 소매가 입의 바늘에 걸린다. "그래서 말이지"라고 말하는 것과 동시에 인형의 어깨가 떨렸다. "우아!" 나도 모르게 감탄했다. '그녀'는 소매 끝을 씹으며 분해서 울고 있었던 것이다. 놀란 나를 본 선생님은 기쁜 듯, 바늘에서 빼낸 소매를 인형 눈동자 위치에서 꼭 꼭 찍어낸 후 다시 원래의 전용대로 돌려보냈다.

드디어 몬주 선생님이 무대에 등장했다. 인형은 머리와 오른
팔, 왼팔, 양다리를 담당하는 세 명의 인형사가 놀리고 있었는
데, 몬주 선생님은 머리와 오른팔을 놀리는 메인 인형사였다. 메
인 인형사만이 두건을 쓰지 않고 무대에 설 수 있다. 나머지 두
사람은 두건을 쓰고 있어서 몬주 선생님은 한층 눈에 띄었다. 선
생님은 시종일관 무표정했다. 감정이나 그 외의 모든 혼을 인형
에게 담고 있는 듯했다. 처음에는 딸깍딸깍하며 관절이 움직이
는 일반적인 인형을 생각했지만, 무대 위에 있는 것은 분명 인간
이었다. 얼굴 부분이 움직이지 않으니 표정이 바뀔 리 없는데도,
웃고 있으면 웃는 얼굴로, 울고 있으면 눈물이 보이는 듯했다. 작
은 몸집의 몬주 선생님은 몇 시간이나 아무렇지 않은 모습으로
인형을 끊임없이 놀리고 있었다.

　처음 본 인형극은 생각했던 것보다 훨씬 재미있었다. 이해하
기 쉬웠다. "고전 예능이니 모르는 게 당연하지! 우선은 그 분위
기를 느끼면서 천천히 이해하면 되겠지" 생각하고 있었지만, 알
겠다. 물론 잘 모르는 단어도 있고 예상치 못한 전개도 있었지
만 고어를 사용하고 있는데도 왠지 이해할 수 있어 놀라웠다. 오
히려 고어를 그대로 사용하니 과거로 여행을 다녀온 것 같은 기
분마저 들었다. 더구나 그 독특한 억양과 말투는 중독성이 강하
다. 공연히 끝난 후 한동안 '~시테타모してたも' '~다와이나だわい
ナァ'그랬고, -이었다라는 뜻의 연극풍 오사카 고어라는 말을 자꾸 속으로 되
뇌었다. 목소리를 높여 '어라, 어라, 네 이놈あれ、あれ、おまいさまァ'이라
고 해보는 것도 재미있다.

팸플릿에 딸려 나오는 '유카홍床本'이라는 대본을 가끔씩 살펴보며 지금 어느 대사를 하고 있는지를 눈으로 좇으면서 무언의 노래방에 간 기분으로 즐길 수도 있다. 더욱 놀란 것은 내레이션(을 대신하는 노래)과 등장인물의 대사를 다유大夫라고 불리는 한 남성이 모두 맡고 있다는 점이었다. 늙은 여자, 아이부터 남녀 모두를 말이다. 상황에 따라서는 다유 몇 사람이 함께 나와 클라이맥스 장면을 풍성하게 연출하는 경우도 있지만, 다유와 샤미센三味線, 줄이 세 개인 일본 고유의 현악기을 켜는 사람, 기본적으로는 이 두 사람이 한 조를 이루어 인형극을 진행한다. 인형극에 관심을 갖게 된 후 읽은, 신인 다유 남성이 주인공인 인형 청춘 소설(이렇게 글로 쓰면 매우 특이한 설정이지만, 이면의 심리도 알 수 있어서 매우 재미있었다)『불과를 얻지 못해佛果を得ず』에 따르면, 다유와 샤미센은 야구로 치면 피처와 캐처 같은 절대적인 신뢰 위에 구축되는 부부와 비슷한 관계라고 한다.

공연이 시작되기 직전의 무대를 본 적이 있다. 무대 위에는 연극 중에 사용되는 인형 크기에 맞는 작은 건물이 설치돼 있었는데, 바닥은 없고 틀만 있는 느낌이었다. 하기야 인형이 무대 위를 뛰어다니려면 인형을 놀리는 사람의 공간, 무엇보다 다리를 놀리는 사람을 위해서 바닥을 빼고 사람이 설 수 있는 공간을 만들어야 하고, 위에 있는 메인 인형사는 그 높이의 차이 때문에 20~30센티미터나 되는 높은 게다下駄, 나무로 만든 일본의 신발로 왜나막신이라고도 한다를 신고 움직여야 한다. 인형은 춤을 출 때도 있지만, 역할에 따라서는 자리를 보존하고 있는 노인인 경우도 있다. 하

지만 바닥은 없다. 그러니 그저 가만히 앉아 이야기하는 장면에서조차 한순간도 긴장을 늦출 수 없다고 한다. 알면 알수록, 보면 볼수록 굉장하고 재미있다.

언젠가 단골 초밥집의 주방장이 몬주 선생님과 함께 사인을 해달라고 했다. 몬주 선생님은 워낙 달필이어서 순위표番付表, 스모 에서 씨름꾼의 순위를 기록한 표 또는 그것을 모방하여 인명 따위를 차례로 기록한 표에서나 볼 수 있는 글씨체로 붓으로 '기리타케 몬주'라고 썼다. 하지만 성인 '기리타케' 부분은 실처럼 가늘다. 이렇게 근사한 서명 옆에 내 글씨를 써넣는 것이 왠지 미안해 가만히 보고 있으니, 몬주 선생님은 위스키를 마시며 사인에 숨겨진 에피소드를 말해주셨다. 참고로 선생님이 마시는 미즈와리水割り, 술에 물을 타서 마시는 것는 위스키 원액이 아닐까 의심스러울 정도로 진하다. 매번 장난꾸러기처럼 "집에 있으면 말이지, 못하게 하거든. 이럴 때나 마시는 거지"라고 한다. "이 부분, 가늘지? 이게 가늘면 등급

이 낮다는 거야. 누구나 처음에는 이렇게 가는 글씨로 이름을 쓰지. 사인할 때 성을 가늘게 쓰는 건 그때의 초심을 잃지 않기 위해서란 말이지."

몬주 선생님은 인형사를 한 지 55년이 넘었다고 한다. 인형사의 세계에서는 두말할 나위 없이 정상의 위치에 있지만, 그럼에도 '초심을 잃지 않기 위해서'라는 말씀에는 고개가 숙여지고 심지어는 다시 들지 못할 지경이었다.

몬주 선생님은 대기실 입구에 거는 포렴문에 걸어두는 베 조각에 내 이름도 넣어주셨다. 파란 천에 오렌지색으로 '안杏'이라는 글씨가 구석에 다소곳이 앉아 있다. 포렴은 대기실 주인의 얼굴이라 할 수 있는 것으로 서로 신뢰하는 동료들끼리 주고받는 것이다. 몬주 선생님은 그런 의미를 가진 포렴에 내 이름을 함께 넣어주신 것이다.

뮤지컬 출연이 결정된 날, 나는 선생님께 이 사실을 전했다. 오사카 공연도 있으니 꼭 보러 와달라고 했더니, 물론 가야지 하시며 "오사카에서 맛있는 오뎅집에 데려가주지"라고 했다. 그뿐만 아니라 "근데 말이지, 안에게 포렴을 선물할까 하는데" 했다. 방금 말했듯이 포렴은 진정한 관계가 형성된 동료끼리 주고받는 것이다. 그저 황송하면서도 "부탁드려요"라고 고개를 숙였다. 그 후 도쿄 공연을 보러 가서 로비에서 공연 개막을 기다리고 있을 때, 출연 준비를 하고 있어야 할 선생님이 "안이 좋아하는 색을 골라봐!"라며 색깔 견본을 손에 들고 다가오셨다. 오렌지색을 좋아한다고 하니 오렌지색 견본 종이 끝부분을 잘라 내

게 건네주셨다. 그리고 몇 달 후, 예쁜 오렌지색 포렴이 배달되었다. 천천히, 천천히 상자를 풀다가 도중에 다시 닫고 심호흡을 한 후 다시 펼쳐보았다. 그러자 눈부시게 선명한 오렌지색이 눈에 들어왔다. 내 이름과 함께 안녕하세요おはようございます라고 크게 새겨져 있었다. 곧장 감사 전화를 드렸더니 "그거면 말이지, 안이 없더라도 대기실 앞에서 항상 인사를 하고 있잖아"라며 웃으셨다. 전화인데도 몬주 선생님의 웃는 얼굴이 보였다.

포렴이 도착한 것은 뮤지컬 공연을 6개월쯤 앞둔 봄이었다. 가을 무대는 어떻게 될지 아무도 예상할 수 없었지만, 조금씩 작품과 만나는 나날이 계속되었다. 하지만 포렴을 받고 나니 '나도 이 포렴을 정말로 대기실에 걸어두고 무대에 서는 거야'라는 구체적인 가슴의 고동을 느낄 수 있었다. 조금은 두렵지만 기다림의 설레는 떨림이었다. 공연을 하는 가을까지 최선을 다하고 포렴을 걸어야겠다고 다짐했다.

몬주 선생님이 놀리는 인형이 휘익 무대 위에서 춤을 추듯이 나도 정성을 다해 무대 위에서 살아가고 싶다. 무대 위에 있는 것은 인형도 인간도 아닌, 그 사람의 '인격'이라고 가르쳐주신 몬주 선생님. 무대를 보여드린 뒤에 간사이 오뎅을 먹으며 조심스럽게 감상을 여쭤봐야겠다.

노부도모 치과의사 선생님

말할 수 있다!!

입을 크게 벌리고 치아 치료를 받고 있을 때는 무언가 말하려 해도 잘 되지 않는다. "네, 그러네요"라고 말하고 싶어도 "에, 으어" 하는 게 고작이다. 그런데 내가 다니는 치과의사 선생님은 치료를 하면서 끊임없이 말을 건다. 선생님이 계속 말을 걸며 치료를 하는 동안 나는 선생님의 안경을 바라본다. 선생님의 안경 렌즈에는 내 입안이 반사되어 비친다. 어떤 치료를 하고 있는지 궁금해서 내 시선은 대부분 선생님의 안경에 집중되어 있다. 연마기 끝부분을 바꾸며 선생님이 말했다. "그러고 보니 안 군은 격투기를 좋아하나?"(참고로 선생님은 나를 안 군이라고 부른다.)

대답이 네, 아니요인 질문을 해주어서 기뻤다! 머리는 끄덕일 수 있으니까. 하지만 기계가 소리를 내고 있는 중에는 머리를 위

아래로 움직이는 것조차 방해가 될 수 있고 위험하다. 눈을 크게 뜨고 '뭐, 그렇죠'라는 뜻을 전하고 싶은 마음으로 선생님의 안경을 바라보았다. "나는 말이지. 복싱의 세컨드 자격복싱 경기에서 경기자에게 작전을 지시하거나 부상한 경우 돌볼 수 있는 자격도 가지고 있어. 그래서 오늘도 좀 이따가 복싱 경기에 갈 거야." "네에"라고 말했지만 실제 소리는 "에-"로 났다. "자, 일단 입을 헹구고." 선생님은 의자 등받이를 세웠다. 입을 헹군 후 드디어 말을 할 수 있게 된 나는, 이번에는 제대로 대답했다. 물론 예, 아니요가 아닌 여러 단어가 들어간 긴 문장이다.

"격투기를 별로 본 적은 없지만, 최근에 체육관에서 복싱 수업을 듣고 있어요."

선생님은 음음, 머리를 끄덕이며 등받이를 눕히고 불을 켜서 입속을 보며 말씀하셨다. "아, 그래? 필요하면 마우스피스 만들까? 복싱에는 마우스피스가 필요하지. 예쁘게 본떠줄게." 내가 배우고 있는 복싱, 즉 복서사이즈Boxercise는 글러브를 끼고 펀치 동작을 하지만 실제 공격은 하지 않는다. 물론 상대가 공격을 해오는 일도 없다. 마우스피스 제작이라는, 의외로 스케일이 커져버린 이야기에 당황해서 "아, 아니에요. 그 정도로 본격적인 건 아니고요"라고 대답하고 싶었지만, 이번에도 역시 "아, 아이……"로밖에 소리가 나지 않았다. 더구나 계속된 치료로 입속에 고인 물이 목으로 넘어갈 것 같은 상황에서는 "아홋" 하는 이상한 소리가 나, 자칫하면 작업을 방해할 뻔했다. 위험해. 위험해. 그 후 찬찬히 이야기를 나누다 보니, 마우스피스는 싸울 때도 필요하지만 무엇보다 힘을 모으려고 이를 꽉 물 때, 치아에 주는 부담을 줄이는 역할도 한단다. 그러니 복서사이즈라도 필요한 경우가 있다는 것이다. 흠흠.

어쨌든 치과 선생님과는 치료를 하러 갈 때마다 이런저런 이야기를 나눈다. 언젠가 치료가 끝난 후 역사를 좋아한다고 하자 "안 군은 노부나가, 히데요시, 이에야스 중에 누구를 좋아하나?"라고 물었다. 나는 잠시 생각한 후에 "노부나가…… 같아요"라고 대답했다. 치료를 마치고 마스크를 벗은 선생님의 입꼬리가 살짝 올라갔다. "그렇군. 사실 나도 그래." 이야기를 들으면 들을수록 선생님은 열광적인 노부나가의 팬이라는 것이 판명되었다. 매년 노부나가의 기일에 교토까지 성묘를 다녀온다고 한다.

다음번에 치료를 받으러 병원에 갔을 때 선생님은 내 얼굴을 보자마자 서재로 뛰어들어가 "안 군이 노부나가를 좋아한다면 이 책은 꼭 한번 읽어봐"라며 한 권의 책을 건넸다. 꽤나 묵직한 단행본으로 제목은 『노부나가의 관信長の棺』이었다. "이 책은 말이지, 혼노지本能時에서 무슨 일이 있었는지 그 수수께끼를 파헤치는 내용이야." 치료가 시작되면 망설임 없이 손을 움직이는 동시에 입에서 나오는 말은 대부분이 노부나가와 관련된 것이었다.

끝없는 노부나가 월드

"아미다지阿彌陀時에는 말이지, 세이교쿠쇼닌靑玉上人이라는 사람이 있었는데……"라고 이야기하는 선생님 말씀에는 귀를, 반사된 안경 렌즈에는 눈을 집중시켰다. 이야기도 재미있지만 선생님의 기술도 최고다. "나는 말이지, 벌써 나이가 많지만 일을 더 이상 못하게 되면 무리하지 않고 은퇴하려고 해. 못하면 안 해야지. 프로니까 말이야." 그렇게 말하면서 선생님은 타협은 절대 없다고 했다. 예전에 어떤 환자의 강력한 요구에 내키지 않는 치료를 한 적이 있는데, 몇 년 후 그 환자의 바르지 않은 입 모양을 보고 아무리 환자가 요구했더라도 역시 반대했어야 했다는 후회로, 그 후에는 스스로가 인정하고 만족할 수 있는 치료만 하겠다고 맹세했다고 한다.

다른 에피소드도 있다. 아직 치과의사의 수가 절대적으로 부족하고 아무나 치아 치료를 받을 수 없었던 고도 경제 성장기에, "잘 들어. 너는 차남이니까 돈이나 집안일에는 신경 쓰지 마. 너는 신분에 관계없이 사람들을 구하는 거야"라는 아버지의 말씀에 상경해서 개업했다고 한다. 아직 풍족하지 못했던 시절, 건설 현장으로 돈을 벌러 온 청년 세 명을 무상으로 치료해준 적이 있는데, 청년들은 시골로 돌아갈 때 답례로 셋이 돈을 모아 위스키 한 병을 눈물과 함께 건넨 적이 있다고 한다. 보물이 된 위스키는 아직도 마시지 않은 채 그대로 보관하고 있다고 한다. 나는 입을 계속 벌리고 있어서 대답을 마음껏 못할 때가 많았지만, 선생님의 이야기는 한결같이 마음에 스며들었다. 특이한 선생님, 재미있는 선생님이라는 생각과 동시에 자신의 일에 대한 절대적인 긍지와 좋아하는 일에 대한 올곧은 정열이 느껴져 힘을 얻는다.

그나저나 나는 선생님께 받은 책을 바로 읽기 시작해, 다음 치료일 전에 완독했다. 노부나가의 전기를 쓴 실제 인물, 오타 규이치太田牛一가 주인공이 되어 노부나가의 수수께끼를 파헤치는 이야기는 먹고 자는 것도 잊어버릴 만큼 재미있었다. 선생님의 얼굴을 보자마자 책에 대한 감상과 인사를 나누고, 내가 진행하는 라디오 프로그램 「북바Book Bar」에서 이 책을 소개하겠다고 말했다. 선생님은 몹시 기뻐하며 방송 시간을 책상 위 메모지에 기록해두고는 동그라미를 쳤다. "꼭 들을게"라는 선생님의 말은 기쁘기도 했지만, 한편으로는 긴장도 됐다.

라디오에서 우선 나는 이 책을 알게 된 경위를 이야기했다.

"최근에 노부도모ノブトモ가 생겼어요. 노부나가의 친구노부나가의 노부, 친구라는 뜻의 도모다치友達의 도모를 붙인 말라서 노부도모예요." 라디오에서 함께 이야기 나누는 오쿠라 선생님은 예상외로 "에엣?" 놀람과 동시에 말끝에 물음표를 붙이며 웃었다. "친구라는 표현에 어폐가 있을지 모르지만, 노부나가를 주제로 교류하고 있는 치과 선생님이 오늘 소개할 책을 주셨어요. 제목은—."

방송 후 나는 선생님을 찾아갔다. 가볍게 '친구'라고 한 것이 좀 마음에 걸렸는데, 선생님은 오히려 '노부도모'라는 말이 매우 마음에 드신 모양이었다. "가족들 사이에서 노부도모라는 말이 유행하고 있어"라고 하셨다. 그리고 다시 서재에서 "성城을 좋아한다기에 이 책 재미있거든" 하며 책 한 권을 주셨다. 이번에는 『의외로 모른다! 이렇게 엄청난 '일본의 성'意外と知らない!こんなにすごい『日本の城』』이

이중 마스크 & 이중 안경

라는 책이었다. 어디선가 내가 성 이야기를 하는 것을 들었다고 했다. 나는 또 열중해서 읽었다. 무슨 우연인지 열흘 후에 그 책을 쓴 미우라 마사유키三浦正幸 선생님을 만나 성에 대한 이야기를 듣는 꿈같은 기회가 생겼다. 그분의 책을 미리 읽어두어서 그런지 이야기는 고조되었고 선생님은 무척 기뻐했다. 우연의 연속에 놀라며 '노부도모'에게 감사했다.

선생님 덕분에 완전히 노부나가의 팬이 된 나는 선생님께 선물로 드리려고 노부나가 관련 상품을 구입했다. 책도 받았고 더구나 그 책들 덕에 일하는 데도 도움을 받았으니⋯⋯라는 감사도 있었지만, 동시에 '이런 재미있는 것을 찾았으니 선생님께 보여드려야지!'라는 마음도 있었다. 재미있는 것 중 하나인 별사탕은 선교사 루이스 프로이스Luís Fróis가 노부나가에게 헌상한 과자로 유명하다. 소설 『노부나가의 관』에서도 중요한 핵심이었다. 내가 찾은 것은 포장에 오다織田 가문노부나가는 오다 가문 출신이다의 문장紋章이 들어간 노부나가 버전의 별사탕이었다. 그리고 또 하나는 「노부나가공 소망의 남방 음악 왕의 파반pavane」이라는 CD다. 옛날 아즈치성安土城에서는 선교사들에 의해 어전 연주회가 열렸지만 어떤 곡이 연주되었는지는 기록되어 있지 않다. 그래서 노부나가가 정말 들었을지도 모를, 당시 유럽에서 유행했던 곡 모음 콘셉트로 연주한 앨범이다. 노부나가가 들었을지도 모른다고 상상하는 즐거움도 있지만, 무엇보다 음악이 모두 훌륭하다. 나는 이 CD를 손에 넣은 후 매일같이 들었다.

두 개의 상품을 포장한 특제 '노부나가 상품'을 손에 들고 나는 다시 선생님을 찾았다. 선물을 받은 선생님은 선수를 뺏겼다고 아쉬워하면서도 "별사탕은 신단神棚에 올려야지"라며 기뻐했다. 다음 환자가 있어 길게 이야기하지 못하고 치료실을 나와 계산을 하고 있는데 접수처 안쪽에서 CD를 한 손에 들고 "비닐이 안 벗겨져! 여기, 이거 벗겨서 틀어봐요"라며 CD를 건네는 선생님의 모습이 보였다. 내 시선을 알아채신 선생님은 내게 다가와 다시 한번 "정말 고마워!" 하고 인사했다.

마침 이날로 치료도 일단락되었다. 당연히 치료 중에 나누던 세상 이야기도 잠시 이별이다. "이제는 6개월에 한 번씩 건강 진단 엽서를 보낼 테니 그때 다시 와주세요"라는 말이 왠지 서운하기까지 했다.

『노부나가의 관』은 3부작이다. 그 외에도 아직 노부나가 관련 소설과 역사책이 기다리고 있다. 선교사 루이스 프로이스의 책도 몇 권 샀다. 시간이 되면 사적도 찾아볼 생각이다. 그리고 노부나가 상품을 또 찾게 된다면, 이야기 나누고 싶은 것이 쌓인다면, 노부도모가 있는 곳을 훌쩍 방문할 생각이다.

자만
…
아니고
선물
이에요

크메르 직물 '전통의 숲'

언제나
간당간당

내레이션은 힘들다.

표정 없이 그저 목소리만으로는 감정 전달도 어렵고, 더구나 자신의 언어로만 전달하는 것이 아니라 정확하게 짜인 기준에 맞춰 원고를 읽고 설명해야 한다.

그렇기 때문에 오히려 내레이션은 공부가 되기도 한다.

평소에는 신경도 쓰지 않던 억양의 차이 하나하나를 확인하고, 경우에 따라서는 조사도 하면서 진행한다. 그중에는 '이런 억양이었구나?!' 새삼 알게 되는, 좀처럼 익숙해지지 않는 것도 있다. 도쿄 출신이라 해도 결코 '표준어'를 쓰는 것은 아님을 알게 되었다. 명확한 표준어란 어느 지역에도 존재하지 않을 것이다.

얼마 전에 두 시간짜리 다큐멘터리 프로그램의 내레이션을 맡았다. 해외에 살고 있는 일본인들을 조명한 것으로, 세 명이 소개되었다. 한 사람은 이집트 전통 무용과의 운명적인 만남으로 본고장 카이로로 건너가 외국인의 신분으로 톱 댄서의 지위까지 오른 여성이었다. 외국인은 이집트 전통 춤을 춰서는 안 된다는 새로운 제도가 생겨 궁지에 몰렸지만, 이에 지지 않고 현지에서 끊임없이 대항했다. 얼마 지나지 않아 법률이 개정되었고, 여전히 힘든 조건이긴 하지만 무용을 할 수 있게 되었다. 톱 댄서의 자리를 지키기 위해 쉬는 날도 없이 연습하는 그녀. "정상의 자리에서 밀려나는 건 한순간이에요. 그러니 남들보다 몇 배는 더 노력하지 않으면 안 되죠. 시간도 돈도 투자해야만 해요. 그게 톱 댄서들에게 요구되는 모습이니까요"라는 말을 듣고, 같은 쇼 비즈니스에 관련된 사람으로서 내 본연의 모습을 생각하게 되었다.

두 번째로 만난 사람은 혁명가를 자처하며 아프리카 잔지바르에서 어업, 예술, 무술 등 다양한 방면에서 현지 사람들을 돕고 지원하면서, 현지인의 자립을 촉구하는 남성이었다.

그리고 또 한 사람은 캄보디아의 전통 직물인 '크메르 직물'을 연구하는 이로, 이전에 교토에서 유젠友禪, 유젠 염색. 비단 등에 화려한 채색으로 인물, 꽃, 새, 산수 등의 무늬를 선명하게 염색하는 일의 장인으로 활동하던 남성이었다. 하지만 캄보디아에서는 계속되는 내전으로 전통을 이어갈 사람들이 모조리 학살되고 말았다. 내전이 끝나도 장인이 없으면 직물을 만들지 못한다. "이 아름다운 크메르 직물을 없애는 것은 너무도 애통한 일"이라며 그는 현지로 뛰어들어가 크메르 직물 부흥에 전력을 쏟았다. 살 아남은 연로한 장인들을 보호하고 재료인 '황금 비단'을 만드는 누에를 육성, 직물기 도 제작했다. 인재, 재료, 직기 모두가 불 타버려 크메르 직물을 부활시키기 위해서는

캄보디아 전역에서 이 모든 것을 일일이 한곳으로 모을 수밖에 없었다. 그리고 숲을 개간하여 '전통의 숲'을 만들었다.

내레이션 작업은 여섯 시간 이상 걸렸다. 그들의 일희일비를 목소리로 좇으며, 만난 적도 없는 그들과 잘 아는 사이가 된 것 같아 기분이 이상했다. 아무것도 보지 않고 세 사람의 활동에 대해 줄줄 쓸 수 있을 정도가 되었다.

2주 후 나는 짐을 쌌다. 라디오 일로 캄보디아에 다양한 소리 와 음을 녹음하러 가게 된 것이다. 스케줄표에는 소리와 인터 뷰를 녹음하는 장소, 사람 이름이 적혀 있었다. 예정된 계획을 보며 필요한 것이나 진행 방향을 생각해본다. 첫째 날은 유적지 순례. 둘째 날은 오전에는 동남아시아 최대 호수인 톤레사프호 Tonle Sap Lake, 오후에는 '전통의 숲'이라고 적혀 있었다. 인터뷰할 인물의 이름은, 그, 크메르 직물을 부활시킨 모리모토 기쿠오森 本喜久男였다. 이런 일이 있을 수 있을까? 비록 간접적이긴 하지만 마로 얼나 선에 이분 일에 관여했는데, 왠지 인연 같았다. 나는 설레는 가슴을 안고 출발했다.

캄보디아, 앙코르와트의 어느 거리, 시엠레아프.

"아, 덥다……."

하필이면 그때는 건기였다. 당연히 비도 내리지 않고, 따가운 햇볕이 내리쬐는 가운데 기온만 쑥쑥 올라간다. 체온보다 높은 40도 이상이 일상이다. 흘러나오는 땀과 마시는 물의 양이 도쿄와는 비교도 되지 않았다. 첫째 날, 뜨겁게 달구어진 돌 사이를 걷는 유적지 순례는 캄보디아 일정 중 가장 힘들었다. 밤이 깊은 후 별을 보러 다시 앙코르와트로 향할 때 돌을 만져보니 아직도 따뜻했다. 1년 내내 자연의 은혜를 받는 캄보디아. 현지에서 인터뷰한 일본인은 이렇게 표현했다. "어디라고 할 것 없이 생명이 솟아난답니다. 정말이에요. 고립된 물웅덩이를 파도 그 속에서 새우나 물고기가 생겨나요." 이렇게 믿기 어려운 일도 아무렇지 않게 생길 수 있는 것이 이곳 풍토의 특색이라고 한다. 환경 덕일까? 사람들 성격에도 어딘가 여유가 있다. 흔히 사용하는 말 '모이 모이moi moi'는 '천천히, 느긋하게'라는 의미다. 여행을 안내해준 분은 20년 넘게 캄보디아에 있지만, 캄보디아인이 화내는 걸 본 적이 없다고 했다. 하지만 자연이 풍요롭고 평화로워 보여도 내전의 흔적은 아직 아물지 않았다고 한다. 지뢰 제거 작업도 끝나지 않았고, 잃어버린 문화는 되찾을 수도 없다.

그런 상황에서 지금보다 훨씬 활동하기 힘들었던 시절부터 동분서주한 모리모토 씨의 고생은 오죽했으랴! 상상밖에 할 수 없지만, 살아 있는 목소리는 이 장소에서 들을 수 있다.

모리모토 씨가 만든 전통의 숲은 시엠레아프에서 한 시간 정도 들어간 곳에 있었다. 무성한 나무들 사이를 지나는 도로는 포장되어 있지 않아 마른 흙이 먼지 연기를 만들어냈다.

마을의 모든 풍경은 이미 영상으로 본 것이어서 왠지 기분이 이상했다. 바로 얼마 전에 모니터에서 본 풍경이 지금 내 눈앞에 있다. 마찬가지로 풍경 속에 있던 모리모토 씨가 천천히 걸어와 인사를 했다. "지난번 출연하신 프로그램의 내레이션을 했어요"라고 하니, "역시! 저도 이름을 보고 같은 사람이 아닐까 했어요"라며 미소 짓는다. 완성된 영상은 아직 도착하지 않아 보지 못했다고 하는데 내레이터의 이름까지 기억해준 것이 새삼 기뻤다.

닭과 병아리와 개들이 발밑에서 왔다 갔다 하고, 아이들이 등 뒤로 지나가는 풍경 속에서 모리모토 씨와의 인터뷰가 시작되었다. 그의 애정 어린 시선이 가끔씩 자연으로 향했다.

"직물이란 곧 자연이죠."

나무가 없으면 직물 기계도 만들 수 없고 비단을 짤 누에도 키울 수 없다. 물론 염료의 원료도 식물이다. (크메르 직물은 고작 다섯 가지 색으로 섬세한 색채를 짜낸다.)

"직물을 짜는 단계는 거의 막바지 작업이에요. 대략 80퍼센트의 작업이 그 전에 이루어지죠."

그의 안내로 마을을 둘러보면서 이야기는 계속되었다. 실을 염색하는 일, 실을 잣는 일 모두 숙련된 기술이 필요하다. 숲에서는 많은 여성이 지물 만드는 작업(직물을 짜는 기계의 제조나 양잠, 밭에서의 주된 작업은 남성의 몫이다)을 하고 있었는데, 옆에는 아이들의 모습도 보였다.

"캄보디아는 어린이가 많아요. 여기 여성들은 베를 짤 수 있게 되면 자립해서 가족을 만듭니다. 그래서 직장에 아이를 데려와서 작업을 해도 된다고 했지요. 아이를 집에 두고 오거나 누군가에게 맡기고 와서 작업에 집중하지 못한 채 일곱 시간을 일하는 것보다, 아이를 눈앞에 두고 일하는 시간 중 두 시간을 아이에게 할애한다고 해도 그 편이 더 집중력이 높으니까요. 이렇게 생산된 직물의 가치는 두 시간의 손실을 능가하는 훌륭한 작품입니다. 하고 싶지 않은 일은 하지 않아도 됩니다. 하고 싶다는 마음이야말로 가장 중요한 것이죠."

어느 정도 자란 아이들을 위해 지붕 아래에 책상을 두어 교실도 만들었다. 간소한 교실은 아이들로 북적댔고, '저요, 저요' 하며 손을 들고 있다. 선생님이 내는 문제가 덧셈에서 뺄셈으로 바뀐 순간 조용해지는 모습을 보자 저절로 미소가 지어졌다. 일본어도 가르치고 있어서 아이들은 자신의 이름과 나이를 일본어로 막힘없이 말했다. 모국의 문자로 이름도 쓸 수 있다.

"이들의 부모는 대부분 문자를 읽거나 쓰지 못합니다. 하지만 아이들은 자신들처럼 되지 않기를 바라요. 교실도 부모들이 만들었어요. 아이들에게 아버지가 만들었다고 자랑할 수 있다는 건 멋진 일입니다."

일하는 사람들과 마을의 규모는 점차 조금씩 커지고 있다. 운영은 철저하게 직물의 판매 대금으로 충당하고 있다고 한다.

"저는 말이죠. 이곳 직물은 가히 세계 제일의 기술로 만들었다고 자신할 수 있어요. 갖고 싶지 않은 천 따위는 만들지 않아요.

꼭 갖고 싶다고 생각되는 천만 만들고 싶습니다." 온화

온화한 표정에 부드러운 어조였지만, 이 말을 할 때는 강한 신념이 느껴졌다. 아무도 가지 않는 길을 혼자 꿋꿋이 걸어온 시간의 깊이가 눈가에 새겨져 있는 듯했다.

도쿄에서 태어나 그곳에 살고 있는 나는 평생 본 적 없는 자연과 생활이 캄보디아에는 있었다. 그것을 영상으로 널리 전달하는 것도 중요하고, 실제로 현지에 가서 그곳의 공기를 마시며 현지인들과 접촉하는 것도 중요하다. 이번에는 이 두 가지 일이 마치 무슨 의미라도 있는 듯이 동시에 나를 찾아왔다. 분명 이것은 끝이 아닌 시작일 것이다. 최종적으로 어떻게 될지, 무엇을 할 수 있을지, 어떤 식으로 연결될지 아직 모르지만 '모이 모이', 천천히 그러나 확실하게 앞으로 나아갈 수만 있다면 그곳에는 또 다른 길이 펼쳐질 것이다.

'오황의 인' 님

'그것'밖에 없겠지……

2010년.

호랑이해에 태어난 나는 두 번째로 호랑이해를 맞았다.

호랑이는 호랑이지만 36년에 한 번, 즉 '오황의 인'고대 중국에서 전해지는 민간신앙인 구성九星 중 오황토성五黃土星과 십이지간의 호랑이띠가 만난 해. 36년에 한 번씩 돌아온다에 해당되는 해에 태어난 나는 그 전설을 어렸을 때부터 듣고 자랐다. 즉 이해에 태어난 사람은 강한 개성의 소유자이며, 특히 여성의 경우 너무 강해서 시집을 못 간다는 전설이 전해진다. 이따금 "저, 오황의 인이에요" 하면 놀라움 섞인 반응을 자주 만난다. 결혼 문제는 제쳐두고, 강하다는 것은 왠지 자랑스러웠다.

어린 시절 교토에서 체험한 관례 의식 '13참배十三参り'13세(만 12세)

가 되면 교토 법륜사法輪寺를 참배하여 고쿠조 보살虛空藏菩薩에게 지혜와 복을 얻는 풍습에서는 13세가 되는 아이들이 각자 소중히 여기는 한자를 한 글자씩 올리고 맹세를 한다. 여자인 나는 하필이면 혼자만 '강強'을 썼다. 왜 이 한자를 골랐는지 확실한 이유는 기억나지 않지만, 이것도 어쩌면 오황의 인에서 기인한 것일지도 모른다.

참고로 오황의 인에 태어났다는 역사 인물은 히로타 고키廣田弘毅, 1878~1948. 메이지·쇼와시대의 정치가. 평민 출신으로 수상 자리에까지 오르지만 결국 교수형을 당했다. 요사노 아키코與謝野晶子, 1878~1942. 일본의 전통적인 정형시인 와카 작가, 스탈린, 오키타 소지沖田總司, 1842~1868. 에도시대 말기의 신센구미 1번대 대장이자 검술 사범, 베토벤, 도쿠가와 이에노부德川家宣, 1662~1712. 에도 막부 제6대 쇼군 등을 꼽을 수 있다. "오황의 인의 해에 태어났다고?! 그럼, 안 돼. 안 돼"라고 놀림을 받을 때의 씁쓸함을 극복하고자 끈기를 가지고 인터넷을 뒤져 연호를 소급하며 찾아낸 인물들이다. 이런 승부욕. 나조차 질린다. 13참배에서 맹세한 한자가 '미美' '유優' '애愛' '화華' '아雅' 정도였다면, 지금은 좀 더⋯⋯하는 주변 사람들의 소리가 들리는 듯하다.

어쨌든 나는 '(오황의) 타이거 설tiger girl'이라는 자각이 누구보다 강했다.

그렇게 기다리고 기다리던 호랑이해. 이제야 되돌아온 사랑스럽기 그지없는 해. 어렵사리 찾아온 해이니만큼 뭔가를 해보고 싶었다.

그래서 연하장을 만들기로 했다.

연하장은 매년 내가 디자인하고 있다. 주로 일러스트를 인쇄할 때가 많았지만, 올해는 특별한 호랑이해! 12년에 한 번뿐인 이벤트로 공을 들인 연하장을 만들어보자는 계획을 끊임없이 구상하고 있었다.

어느 정도냐 하면 거의 1년에 걸쳐 구상을 했다. (여기서부터 배경음악으로 나카지마 미유키中島みゆき의 지상의 별地上の星을 인트로부터 튼다.) 2008년 말, 어떤 DVD 박스를 입수할 때부터 이 계획은 시작되었다…….

"내년 연하장은 '그걸' 하자!"고 정한 것은 2009년 2월경이었다. 그것은 도라 씨총 48편이 제작된 일본 영화「남자는 괴로워男はつらいよ」의 주인공 이름이 '도라'로 호랑이의 일본어 도라トラ와 발음이 같다에 대한 오마주다. 「남자는 괴로워」 시리즈 DVD에서 영감을 얻은 것이다.

처음에는 영화 포스터를 패러디해 「남자는 괴로워」의 서체를 똑같이 흉내 내서 '여자는 괴로워'라고 붓으로 쓸까 했지만, 한 획이라도 실수하면 안 된다. 어떻게 하면 실소가 아닌 신선한 웃음을 유도해낼 수 있을까? 간절하게 생각해본 결과, 눈이 번쩍 뜨이는 아이디어가 나왔다. 역시 지금까지 해온 내 일을 바탕으로 '그것'밖에 없다……. 머릿속에서 방향이 정해졌다.

계획을 실행에 옮길 때가 왔다.

6월. 매니저와 미팅하면서 "가을에 연하장 촬영 일정을 잡아주세요"라고 계획을 설명했다. 그렇다. 역시 무모한 촬영을 해야만 한다. 사진을 찍기 위해서는 촬영 장소, 시간, 그리고 도움을 줄 사람들이 필요한데, 그들의 스케줄도 미리 정리해야만 했다.

9월로 접어들어 나는 콘티를 그렸다. 테마는 '모드mode(유행, 패션) 도라 씨'. 이미지 일러스트도 컬러로 그렸다. '보는 사람이 3초쯤 지나 테마를 알아차리고 놀라면서도 씨익 웃는 것'이 콘셉트다. 조명은 쇼와시대의 복고풍으로 60년대 패션잡지 같은 분위기가 나게, 화장은 지나치게 유행을 따라가지 않으면서도 세련되고 강하게, 의상은 영화에 나온 의상을 그대로 흉내 내는 것이 아니라 모자나 셔츠, 복대와 재킷 등 실제 영화 포스터에서 볼 수 있는 특징을 살린 패션.

여러 가지를 적어 넣은 나만의 고집스러운 그림 콘티가 되었다. 스태프 분들이 과연 호응해줄까 하는 걱정이 무색할 정도로 모두 두말 않고 흔쾌히 승낙해주었다. 정말 감사했다. 스타일리스트인 T 씨는 몇 번이나 확인 전화를 걸어 "도라 씨라고 하면 역시 파란 하늘이지. 그러니까 배경용 종이는 푸른 하늘이 그려져 있는 걸로 주문하자"고 의견을 내기도 했다.

드디어 촬영 당일이 되었다. 옷걸이에 걸려 있는 많은 의상들. 도쿄의상東京衣裳에서 빌려온 전문적인(?) 의상 중에는 트렁크, 부적, 복대를 이용하기로 했다. 그 외에는 도라 씨의 특징을 살리면서도 해외 브랜드들의 최신 유행 포인트를 살린 여성용 아이템을 사용하기로 했다. 브이 자로 파인 노 카라 셔츠. 캐멀색의 체크 재킷. 시계도 노라 씨가 애용했던 브랜드와 같은 것으로 준비했다.

의상을 결정한 후 헤어와 메이크업도 했다. 모든 준비가 끝나고 촬영이 시작되었다. 이런저런 포즈로 바꾸어가며 구도를 잡아갔다.

"트렁크는 역시 들고 있어야 맛이 나네. 그렇지만 조금 가까이 두는 게 박력 있는 것 같기도 하고."

발에는 셋타雪駄, 눈이 올 때 신는 신발를 신고 있었지만, 구도 때문에 사진에는 나오지 않았다.

"웃고 있는 것보다는 무표정한 게 왠지 더 재미있지 않을까?"

"포즈는 취하지만 너무 지나치게 하지는 말고, 아, 그래도 움직임이 있는 게 나아."

이렇게 저렇게 의견을 조율해가며 촬영은 무사히 끝났다. 스태프 전원이 기념 촬영을 한 후, 촬영한 사진을 선택하는 작업에 들어갔다. 필름을 쓰던 때만 해도 없던 과정이지만, 디지털 시대인 지금은 현장에서 바로 사진을 선택할 수 있다. 참 편리한 세상이다.

"음, 이게 구도 밸런스가 좋은 것 같은데?" 포토그래퍼

"이건 밸런스는 좋지만 옷의 주름이 좀 신경 쓰여." 스타일리스트

"그럼, 이 사진의 포즈 정도가 좋지 않을까?" 모델인 나

"그러네. 표정도 좋고." 메이크업 아티스트

"머리가 흩날리는 모습으로는 이게 좋은데?" 헤어 아티스트

"1월이니까 밝은 톤이 낫지 않아?"

"나중에 트렁크에 '2010 호랑이'라는 글씨 넣을 거죠? 위치는 이 정도가 좋겠는데?" 디자이너

모두 머리를 맞대고 각자 의견을 공유했다. 일 반적으로 이런 최종 회의에는 모델이 거의 참가 하지 않기 때문에 나는 왠지 설렜다.

호랑이 여인

촬영이 끝난 후, 나는 엽서 뒷면의 디자인 작업에 들어갔다. 잇큐一休 스님일본 무로마치시대 후기 의 선승. 기행으로 유명한데, 특히 병풍 속의 호랑이를 퇴치했다는 이 야기가 유명하다으로 분장한 내가 병풍 앞에서 포승줄을 들고 기다 리는 일러스트를 그렸다. 아직 병풍 속은 비어 있지만 여기에 연 하용 호랑이 우표를 붙여서 완성시키는 거다. 에헴. 앗, 코가 피노 키오처럼 커진 것 같다. 자기만족 중입니다, 이해하세요! 그리고 촬영 스태프들의 이름과 사무실 주소를 써넣으면 뒷면은 끝. 글 씨의 색까지 정하고, 이제 호랑이 우표만 구입하면 된다.

하지만 호랑이 우표 구하기는 쉽지 않았다. 갑자기 인쇄 부수 를 늘리는 바람에 당초 사려던 양의 두 배를 사야 했지만, 이미 시기가 늦어버렸다. 어디를 가도 매진이거나 있어도 물량이 많지 않아 결국 도쿄 시내의 우체국 본국만 다섯 군데를 돌아야 했다.

우여곡절 끝에 드디어 연하장이 완성되었다. 일을 시작한 지 10년째가 되는 2010년의 연하장.

아무것도 없는 상태에서 스스로 기획하여 촬영한 것은 이번 이 처음이었다. 모델, 배우, 라디오, 집필 등 다양한 일을 하는 중 에도 일관되게 좋아하는 것은 '모두와 함께 완성하여 주위로 발 신하는 것'이다. 이번 일을 통해 다시 한번 깊이 느꼈다. 역시, 하 고 싶다는 열망, 그리고 그것이 실행되었을 때의 기쁨은 그 어떤

병풍에는 호랑이 우표
POST CARD
Anne's 2010
New Year's card

것과도 바꿀 수 없다. 이런 마음을 언제까지 잊지 않고 소중히 간직하고 싶다. 그리고 힘차게 나아가는 것. 마치 호랑이처럼 말이다.

이런 생각을 다시금 새롭게 품고 해가 바뀐 다음 날, 나는 아타미熱海로 갔다. MOA미술관에 있는 고린光琳 화백의 '홍백매도병풍紅白梅圖屛風'을 보기 위해서다. 그리고 수령 2000년의 큰 녹나무를 보러 기노미야來宮 신사도 참배했다. 신사의 내력을 읽어보니 금주禁酒의 신도 모셔져 있다고 한다. 다른 곳에서는 보기 힘든 주난수酒難守, 음주로 인한 화나 재난에서 지켜주길 기원하는 부적도 팔고 있었다. 호랑이는 호랑이지만 술로 인해 험한 일을 당하지 않도록 조용히 기도한 나는 새로운 해를 시작했다.

피렌체 미르 여행

데시데리오 다 세티냐노

　지금으로부터 10년 전. 가족들이 『데시데리오Desiderio』라는 책을 한 권 사왔다.

　다 읽고는 재미있다고 칭찬해 중학생이었던 나는 '흐음' 하며 책을 팔랑팔랑 넘겨보았다. 르포르타주 형식의 글이었는데, 저자인 모리시타 노리코森下典子는 취재 도중 "당신은 전생에 르네상스의 조각가였다"는 이야기를 듣는다. '설마, 전생 따위가 있을 리 없지. 그냥 만들어낸 이야길 거야'라며 웃어넘기려 했지만, 그 조각가 데시데리오 다 세티냐노Desiderio da Settignano가 피렌체에 실존한 인물이라는 것을 알고 반신반의하면서도 결국 전생의 비밀을 찾아 이탈리아까지 여행을 떠나는 이야기였다. 전생에 대한 내용 중에는 실제 연구서, 즉 역사적 사실뿐만 아니라 그 이상으로 상세한 것들도 있었는데 이상하게도 맞아떨어졌다. 너무 재미있어서 다 읽을 때까지 책을 손에서 놓을 수가 없었다. 실제 그녀 자신의 모험담과 역사 속에 숨겨진 미스터리, 전생이라는 신비한 요소가 절묘하게 어우러져 허구의 소설이 아닌 '하나의 진실'이라고 믿게 만드는 생명력이 있었다.

그 후에도 한동안 이 책의 문고판을 가지고 다녔고, 나중에는 언제든 친구에게 빌려줄 수 있도록 한 권을 더 사서 가지고 다녔다. 나는 책이 비교적 많은 편인데, 두 권 이상 가지고 있는 책은 이 작품뿐이다. 2008년 책을 소개하는 라디오 「북바」를 시작했을 때도 바로 이 책을 소개했다. 이 책에 대한 자세한 정보를 수집해보니 다른 출판사에서 『전생으로의 모험』이라는 제목으로 나와 있었다.

그리고 2010년 12월, 나의 첫 라이브 공연장으로 한 여성분이 찾아왔다.

"사실은 당신과 함께하고 싶은 일이 있는데요. 오늘은 그 자료만이라도 보시고, 혹시 관심이 있으실까 싶어서요"라며 손에 『데시데리오』를 들고 있었다. "혹시 그 책에 관해서인가요?"라고 물으니 그렇다며 책을 건네려 했다. "아니요, 사실 지금 좀 놀랐는데요. 저 그 책 너무 좋아해서 몇 번이나 읽었어요. 더구나 두 권이나 가지고 있고요"라고 하니 그녀는 눈을 동그랗게 뜨며 깜짝 놀랐다. 옆에 있던 내니저도 놀랐다. 라디오에서 『데시데리오』를 소개했으니 그와 관련해 같은 책의 일거리가 들어왔다고 생각했는데, 사실은 그저 "역사를 좋아한다고 해서 이미지에 맞을 것 같아서요"라고 했다.

"이런 일이 다 있네요!" "이거야말로 인연이라고 할지도 모르겠네요." "그럼 우리 같이 꼭 이 일을 실현시켜봐요!"라며 그날은 헤어졌다. 자료로 건네받은 책은 매니저가 가져가 읽기로 했다.

내용은 이렇다. 『데시데리오』를 영상화한다. 그것도 반은 드라마, 반은 다큐멘터리 형식으로. 이 책의 내용에 따라 나는 저자인 모리시타 노리코를 연기하여 도쿄를 출발, 피렌체로 여행을 떠난다. 꽤 오래전에 오사와 다카오大澤たかお가 『심야특급深夜特急』의 저자 사와키 고타로澤木耕太郎 역을 맡아 인도를 여행한 프로그램이 있었는데, 그와 비슷하다고 했다.

6개월 후인 2011년 초여름. '데시데리오 프로젝트'가 드디어 실현되었다. 먼저 도쿄 촬영을 시작했다. 모든 일의 계기가 되는 취재를 의뢰받는 부분과 전생에 대해 듣게 되는 장면, 피렌체에 갈지 말지를 고민하는 장면들이었다. 촬영 중에 저자인 모리시타 노리코 씨가 격려차 와주셨다. 시원해 보이는 전통 옷차림을 하고 있었는데, 굉장히 온화한 분이었다. 처음 뵈었을 때는 혼자 몸으로 피렌체로 뛰어들어가 전생이라는 아련하기만 한 키워드를 좇는 집념의 작가라는 책 속 주인공과 동일 인물로 생각되지 않았다.

사실은 마음속에 불꽃을 품고 있는 분일 것이다. 하지만 실제 인물, 같은 시대를 살아가는 사람을, 그것도 본인 눈앞에서 연기한다는 것은 아무리 생각해도 기분이 묘했다.

일본에서 피렌체로 간 사람은 모두 일곱 명이었다. 거기에 이탈리아인 출연자, 코디네이터를 더하여 대략 열 명 정도로 촬영이 시작되었다. 물론 이 숫자는 드라마 제작에 필요한 최소 인원이라고 해도 좋을 것이다. 최소 인원일 때만 가능한 살아 있는 다큐멘터리를
찍으며 드라마의 인격을 연기하는 것이다. 때로는 그 상황에 필요한 키워드만 적혀 있고, 대사나 극의 흐름을 스스로 만들어내야 하는 장면도 몇 번 있었다. 일반인과 이야기하는 장면이 많아서 어디서부터가 드라마이고 어디서부터가 다큐멘터리인지, 촬영을 하면서도 구분이 어려웠다. "드라마와 다큐의 구분이라……?" 선문답과 같은 우연과 필연의 절묘한 섞임은 이 책의 모토이며 영상화를 하기 위해선 이런 방법이 가장 적합했는지도 모르겠다.

피렌체에 남아 있는 르네상스 조각가 데시데리오 다 세티냐노의 몇몇 작품도 보러 갔다. 책에서 본 조각이 눈앞에 있다. 더구나 나는 그 책의 주인공을 연기하고 있다. 그러니까, 이 조각가가 간접적으로나마 나와 어떤 관계가 있을지도 모른다……. 그렇게 생각하니 눈앞의 작품이 한층 더 신비한 빛을 띠는 것 같았다. 그런 것들을 떠나서 데시데리오의 작품은 훌륭했다. 당대부터 많은 이가 섬세함과 부드러움을 그의 작품의 특징으로 꼽았지만 손의 부드러운 곡선, 선의 한 올 한 올까지 손에 만져질 듯이 정교한 작품들이었다. 안타깝게도 요절하지만 않았더라면 더 많은 작품을 남겼을 테고, 명성도 지금과는 비교할 수 없었을 것이다.

초여름 피렌체의 일조 시간은 일본과는 비교도 안 되게 길어서 아침 7시부터 저녁 9시경까지 촬영을 이어갈 수 있다. 습도는 낮고 기온은 매일 35도까지 올라간다. 눈에 띄게 체력이 떨어지는 가운데 우리가 누릴 수 있는 즐거움은 오로지 이탈리아 본고장 음식을 맛보는 것뿐이었다. 어느 날 내가 한 식당에 가자고 제안했다. 친구의 친구인 리노라는 이탈리아인 셰프가 경영하는 레스토랑으로, 친구인 일본 여성이 일하고 있으니 피렌체에 갈 기회가 있다면 꼭 가보라고 권유를 받은 곳이다. 예전에 받아놓은 전화번호로 연락을 해보았다.

"그러고 보니……."

그 일본 여성의 이름은 노리코였다. 한자를 물어보니 원작자이면서 주인공인 노리코 씨와 같다고 한다. 그저 우연의 일치라고 생각할 수도 있지만 이번 키워드인 싱크로니시티synchronicity, 공시성. 의미가 있는 우연의 일치를 떠올릴 수밖에 없었다. 알 수 없는 무언가가 계속 내 주변을 맴돌고 있는 것만 같았다.

촬영이 끝난 마지막 날, 비행기를 타기 전 약간의 시간이 있어 지도를 들고 피렌체 거리를 거닐며 산책을 했다.

일주일 정도 머물렀지만 쉴 틈 없는 촬영 때문에 혼자 산책을 하는 것은 처음이었다. 피렌체의 거리는 내가 사랑하는 파리의 거리와 비슷해서 어디든 걸어서 금세 갈 수 있는 구조였다. 피렌체 전통 제조법으로 만드는 문구류 숍을 찾는다는 게 길을 한 블록 잘못 든 것 같았다. 다시 돌아 나오려다 기왕 왔으니 그 길로 한번 가보기로 했다. 순간 작은 간판 하나가 눈에 들어왔다.

'루카 델라 로비아Luca della robbia.'

나도 모르게 그 공방 이름을 중얼거렸다.

'지금도 있구나⋯⋯.'

루카 델라 로비아 공방은 데시데리오가 활약했던 시대에 가장 인기 있었던 조각, 도예 공방으로 모리시타 씨의 작품에도 등장하는 인상적인 이름이다. 르네상스시대에 로비아 공방에서 만든 작품은 지금도 피렌체 곳곳에서 만날 수 있다. 하지만 그 제조법과 이름이 지금까지도 이어져 가게를 열고 있는 곳은, 이번 촬영에서는 만나지 못했다. 르네상스 당시의 것들만 추적했기 때문에 어쩌면 당연한 일일지도 모른다. 마지막까지 뭔가가 이끌어준 것일까⋯⋯? 두근대는 가슴으로 문에 손을 얹었지만 문은 잠겨 있고 안에는 아무도 없는 것 같았다. 영업 시간은 10시부터라고 적혀 있었지만, 지금은 10시 반이다. 이것이 이탈리아 스타일이라고 생각하며, 포기하지 않고 그 자리에서 5분 정도 기다리니 가게에서 일하는 여자분이 딸의 손을 잡고 나타났다. "지금 열게요!"라고 환하게 웃으며 문을 열었다. 안으로 들어가니 반지하의 좁은 가게 안에는 다양한 도기들이 뒤죽박죽으로 섞여 있었다. 크기도 용도도 다양했다. 일상에서 사용하는 식기도 있고, 미술관이나 교회에서 본 작품을 재현한 것도 있었다. '기왕 살 기면'이란 마음으로, 이번 여행의 기회를 준 여성 프로듀서에게 '루카 델라 로비아'의 로고가 들어간 샐러드 볼을, 한눈에 반한 작은 도기로 만든 새는 진짜 모리시타 노리코 씨를 위해 샀다.

호텔로 돌아오기 전에 리노의 레스토랑에 들러 최후의 점심도 즐겼다. 일본에서 가져온 『데시데리오』는 피렌체 레스토랑의 노리코 씨에게 건넸다. 노리코 씨는 "나랑 같은 이름이네! 더구나 피렌체가 배경이고…… 재미있겠어요! 감사해요!"라며 기쁘게 받아주었다. 이 책으로 또 다른 만남이 시작되었을지도 모르겠고, 일본에 돌아가 프로그램이 완성되면 무엇인가 또 새로운 '필연과 우연'을 만날지도 모르겠다. 데시데리오. 당신은 이렇게까지 사람들을 끌어들여 도대체 무엇을 전하고 싶은 건가요? 당신의 힘은 정말이지 헤아릴수가 없네요!

안 님에게

그때 데시데리오를 찾는 여행 중에 나를 강하게 움직인 것은 '내 마음에서 원하는 것을 하고 싶다. 그것을 향해 똑바로 걸어가고 싶다'는 마음의 소리였습니다. 30대 후반. 내가 진짜 하고 싶은 일은 무엇일까? 나 자신을 건 일을 하고 싶다고 몸부림치며 고민하던 때였습니다.

어쩌다 취재로 만난 '전생'이라는 은밀한 미스터리의 향기에 나는 무아무중이 되어 수수께끼 풀이 속에 살기 시작했지요. 그리고 이 가슴 설레는 수수께끼 풀이 여행에 독자들도 함께 데리고 가자고 결심했습니다.

그 '데시데리오 미로'를 읽어준 15세의 소녀가 나와 같이 마음의 여행을 하고, 10년이 흐른 뒤 감성이 풍부한 아름다운 배우가 되어 드라마에서 '나'의 역을 맡아준 것은 대단한 영광이며 감동이었어요. 그때 나를 움직인 가슴 설렘이 안 님 속에도 살아 있음을 느낍니다.

『데시데리오』를 쓴 지 16년이 흘렀고, 그사이 나에게도 여러 일이 있었습니다. 길고 긴 슬럼프도 있었고, '나는 이 일로 살아갈 수 있을까?' 하는 불안에 빠져 잠들지 못하는 밤도 많았습니다. 이번에 아이즈 씨의 16년이 넘는 집념과 아키하라 씨의 뜨거운 열정으로 드라마화가 결정되어 아키하라, 쓰치이 씨와 당시의 자료를 주고받으며 다시 한번 문득 생각한 것이 있습니다. '데시데리오'는 15세기의 조각가나 전생의 '나'이기보다는, 자신의 진정한 삶의 방식을 찾는 여행의 키워드였다는 것을요. 그리고 그 여행은 그때부터 지금도 계속되고 있습니다.

그때 '내 마음에서 원하는 일'을 향해 살아가기로 맹세한 나는, 50대 중반이 된 지금도 망설이거나 고민하면서도 역시 '마음으로 원하는 것을 쓰고 싶다'고 생각하는 것만을 쓰고 있고, 지금부터도 계속 그렇게 살아가려고 합니다.

돌아보면 의미 없이 이루어진 일이나 단순한 우연으로 보이는 것들도 모두가 지금으로 이어지는 길의 '포석'이었다는 생각이

듭니다.

안 님의 '피렌체 미로 여행'은 분명 보는 사람들을 마음의 여행에 동참시킬 거라고 확신하고 있습니다. 나도 그 여행에 동참하게 될 것을 기대하고 있습니다.

모리시타 노리코

만나지 못한 만남

나는 '만남'을 주제로, 내가 지금까지 만난 사람들과의 에피소드를 써왔다. 하지만 이번에는 처음으로 '만나지 못한 만남'을 쓰려고 한다. 만났지만 만나지 못했다.

작가인 구로이와 히사코黑巖比佐子 선생님과 만난 것은 2009년 여름이었다. 만나게 된 계기는 "만약 자신이 서점을 만든다면 어떤 특색을 살릴 것인가?"라는 콘셉트의 신문 서평 릴레이 에세이에서 내가 '역사 고메gourmet, 미식가·식도락가 서점'이라는 제목으로 선생님의 저서 『역사의 그늘에 고메 있다』를 소개한 것이었다.

에세이가 신문에 실린 그날, 선생님이 편지를 보내오셨다. 전에 선생님이 읽으려고 생각만 하고 있던 『무사의 딸武士の娘』이라는 책을 내가 텔레비전 토크 프로그램에서 재미있다고 소개

하는 것을 보고 바로 구입한 적이 있다고 했다. 또 선생님이 쓰신 역사소설을 몇 권 선물하고 싶었지만 갑자기 보내는 것도 실례일 것 같아 망설이고 있었는데, 신문에 실린 내 글을 보고 놀라 편지를 썼다고 했다. 당시 내가 출연한 대하드라마「천지인」도 봤다고 했다. 너무도 어여쁜 글씨가 아름다운 편지지에 쓰여 있었고, 편지와 함께 선생님의 책도 들어 있었다. 막부 말기부터 메이지에 걸친 소설이 대부분이었는데 모두 내가 좋아하는 소재였다.

편지 끝에는 메일 주소도 적혀 있었다. 하지만 나는 선생님을 따라 손 편지로 답을 보냈다. 선생님의 편지를 읽으면 어느 쪽이 먼저 상대를 알고 있었는지 알 수가 없다. 하지만 누가 먼저랄 것 없이 서로가 서로를 의식하고 있었고, 마침내 이어졌다는 사실이 기뻤다. 그때부터 선생님과의 편지 교환이 시작되었다. 나도 편지에 메일 주소를 써서 보냈지만, 우리는 메일을 이용하지 않았다.

그 후 조금씩 추워지기 시작할 무렵, 보내주신 편지 마지막에는 이렇게 적혀 있었다.

"암이 4기까지 진행됐다고 하네요. 정말이지 어떻게 해야 할지 모르겠어요."

4기라면 병증이 꽤 진행된 것이다. 구로이와 선생님의 글씨는 여전히 단아했고, 그래서 더더욱 무서웠다. 그런 절망을 경험해 보지 못한 나로서는 어떤 답장을 보내야 하는지 알 수 없었다. 어떻게 말을 걸어야 할지, 아니 말을 걸어도 되는지조차 몰랐다.

결국 한동안 답장을 쓰지 못했다.

해가 바뀌어 2월이 되었다. 가을에 출연하게 될 뮤지컬 「팬텀」의 관계자 티켓 예매가 시작되었다. '그래, 이거라면……!' 나는 오랜만에 펜을 들었다. 내가 할 수 있는 일은 이것밖에 없다. '구로이와 선생님. 가을에 첫 무대에 서게 됩니다. 꼭 와주세요. 그때까지 쾌차하셔서 보러 와주세요.' 힘내라는 말은 도저히 할 수가 없었다. 힘을 내려고 해도 자신의 의지로 할 수 있는 것도 아니니까. 그저 '열심히 하겠습니다'라고 쓰기로 했다. 그것이 그때 내가 할 수 있는 최선이었다.

얼마 지나지 않아 구로이와 선생님으로부터 답장이 왔다. 매우 기뻐해주셨다. 그날을 목표로 열심히 노력하겠다고, 새로운 치료법이 성과가 있어 지난번 편지를 보냈을 때보다 몸 상태가 상당히 호전되었다고 쓰여 있었다.

여름이 지나고 가을이 되었다. 무대 연습도 막바지에 이르렀을 때, 받은 편지함에 낯선 주소로 메일이 와 있었다.

제목은 '알림'. 구로이와 선생님으로부터였다.

'첫 메일이 이런 소식이 되어버리다니'로 시작하는 메일은 병세가 갑자기 악화되어 입원이 결정되었다는 내용이었다. 9월 말까지만 해도 지금보다 훨씬 건강해, 11월에는 지방 강연도 준비하고 내 무대를 보는 것을 마음의 의지로 삼고 있었는데, 라며 슬퍼하고 계셨다. 건강을 해쳤을 때 무엇보다 힘든 것은 마음대로 되지 않는 자신일 것이다. 그런 마음의 낙담을 위해 나는 무엇을 할 수 있을까? 무대를 보러 오지 못하는 선생님 대신 내가 보낼 수 있는 것. 나는 그때 제작 중이던 노래의 데모테이프를 선생님께 보내기로 했다. 이거라면 병실에서도 들을 수 있을 것이다. '제 자랑 같지만, 조금은 힘이 나실지도 몰라서요!'라고 보내니 꼭 보내달라는 답장이 왔다. 이제 입원을 하면 병실에서 메일은 쓸 수 없다고 했다. 나는 서둘러 선생님 자택으로 데모테이프를 보냈다.

2010년 11월 2일. 뮤지컬 「팬텀」의 막이 올랐다.

11월 10일. 선생님 대신에 친구 분이 오셨다. 무대를 마치고 대기실로 오신 친구 분은 "바로 히사코에게 갈 거예요. 무대가 어땠는지 보고해야 하거든요"라고 하셔서 나는 완성된 앨범 CD와 무대 공연의 답례품으로 일러스트를 그려 제작한 수건을 드리고 전달을 부탁드렸다.

"히사코가 안 씨 이야기를 항상 했어요. 편지, 굉장히 기뻐해서 지금까지 받은 편지를 파일에 꽂아 들춰보곤 해요. 이건 히사코가……." 건네받은 한 권의 사진집은 선생님이 르포르타주를 쓴 사진작가의 것이었다. 펼쳐보니 메모에 '작은 선물이에요. 무대 위에서 빛나는 안의 모습을 상상하고 있습니다'라고 선생님의 필체로 쓰여 있었다. 언제나 아름다운 글씨였다. 편지지가 아닌 줄만 하나 그려진 종이였지만, 이것조차 근사한 느낌을 자아냈다. 불현듯 선생님은 분명 멋진 편지봉투 세트와 편지지를 많이 갖고 있을 거라는 생각이 들었다. 결국 그 메모가 선생님으로부터 받은 마지막 편지가 되고 말았다.

일주일 후, 극장으로 가기 전에 신문을 보는데 왠지 부고란에 눈이 갔다. 거기에 구로이와 선생님의 이름이 있었다. '앗!' 잠시 동안 움직일 수가 없었다. 활자는 무정하다. 하지만 선생님과 직접 주고받는 편지 외에는 연락 수단이 없었던 나는, 이 무정한 신문의 부고로 선생님의 상황을 알게 되었다. 거기에 나도 모르게 눈이 간 것은 선생님의 '봐!'라는 메시지였을지도 모른다.

그날 공연은 나에게는 선생님을 애도하는 추모의 무대였다. 물론 연극에 변화는 없었지만 선생님께 바친다는 마음으로 임했다. 어쩌면 보러 와 계실지도 모른다는 막연한 생각. 그리고 막이 올랐다. 객석은 캄캄해서 무대에서 객석 쪽을 보면 아무것도 보이지 않는다. 그래서 관객 쪽에서 나에게 시선을 준다고 하더라도 객석을 제대로 응시할 수 없지만, 그날은 정면을 보니 사람의 모습이 있었다. 한 사람만이, 사람의 윤곽이, 캄캄한 객석 뒤쪽에서 흐릿하게 보였다. 나만 느꼈던 걸까? 하지만 그 모습에 '아, 역시 오늘 선생님이 약속대로 와주셨구나'라고 확신했다. 연극 중에 나는, 사람들은 자꾸 죽어가는데 죽는다는 것은 도대체 무엇일까 생각했다. 만난 적도 목소리를 들어본 적도 없는 구로이와 선생님이 사라졌다. 아름다운 글씨에 아름다운 메모와 편지만을 남기고 신문의 활자 속으로 사라졌다. 우리는 결국 만나지 못했다.

우리는 일반적인 우정 관계와는 좀 달랐다. 흐르는 듯한 아름다운 글씨의 메모조차 사실은 엄청나게 괴로워하며 쓴 것일지 모른다. 나로서는 도저히 상상할 수 없는 일이다. 한 번도 만난 적도 없고 주고받은 편지도 그다지 많지 않다. 그리고 무엇보다 선생님과는 이제 만날 기회조차 없다. 그럼에도 우리 사이에는 우정이 있었다.

무대가 끝나고 대기실로 돌아와 분장을 지우고 있을 때, 좀처럼 대기실로 오지 않는 연출가 스즈카쓰 씨가 들어와 흥분한 모습으로 말했다. "오늘은 지금까지 하려고 했던 것들, 해줬으면 했던 것들이 전부 완벽했어. 내일부터는 또 한 단계 성장할 수 있도록 하자." 그 말을 듣는 순간 내 눈에선 눈물이 뚝뚝 떨어졌다.

분명 이날은 구로이와 선생님이 내 등을 가만히 밀어주셨을 것이다.

만나지 못한 만남에 감사하며.

구로이와 선생님. 편안히 쉬세요!

감사합니다

우리 집으로 갈래?

해리가 별이 된 지도 5년이 되어간다. 혼자 살기 시작한 것도 8년이 지났다. 한 번 더 강아지와 같이 살고 싶다는 생각이 강해진 나는 결심을 굳혔다. 2011년의 마지막 날. 역시 내가 가지 않으면 만날 수 없겠지?! 드디어 펫숍에 가기로 했다.

도쿄 시내의 어느 숍, 그다지 넓지 않은 가게 안 한편에 시바견이 있었다.

"오! 시바견이네."

들여다보니 시바견은 한 번 왕! 하고 짖었다.

"우아, 애는 짖을 수 있네!"

이전에 키웠던 래브라도인 해리는 평생 두 번밖에 짖지 않을 만큼 조용해서 촬영 현장에도 데리고 다녔다. 해리가 기준이 되어서는 안 된다고 생각하지만, 나는 역시 개가 짖는 것에 익숙하지 않다. 가능하다면 짖지 않는 개를 찾고 싶었다.

"짖는 애는 역시 무리겠지?"

그렇게 생각했지만, 왠지 마음에 걸린다. 점원에게 부탁하여 안아보았다. 9월생이니 벌써 생후 4개월이 되어간다. 강아지라면 흔히 통통하고 동글동글하니 어린 티가 나는데, 여우 새끼 같은 얼굴을 하고 있다. 이미 발은 두껍고 묵직했지만, 털이 의외로 보들보들해서 놀랐다. 언제까지고 만지고 있고 싶은 보드라운 털이었다. 시바견은 조용히 내 품에 안겨 있었다.

"흠……"

고민되었지만 '이 아이가 아니면 절대 안 돼' 하는 찌릿찌릿한 전율은 없었기 때문에 시바견에게 이별을 고하고 일단 가게를 나와 다른 가게도 가보았다. 거기에도 많은 강아지가 있었지만 머리에 계속 남는 건 조금 전의 시바견뿐이었다. 고민하면서 거리를 왔다 갔다 돌아다녔다. 내게 운명적인 전율을 주진 않았지만, 복슬복슬한 시바견이 이미 내 마음에 확실히 자리를 잡은 듯했다.

"한 번 더 만나러 가보자."

펫숍으로 돌아가는 길에 불현듯 '야마토'라는 이름이 떠올랐다. 그 녀석은 분명 야마토일 것이다. 마음속으로 '야마토, 야마토' 하고 불러보았다.

다시 가게로 돌아가 시바견의 얼굴을 본 순간, 아, 역시 야마토라고 확신했다.

"이봐, 같이 돌아갈까?"하니 야마토가 된 시바견은 고개를 갸웃거렸다.

전통 종이에 적힌 혈통서에는 히로시마廣島에서 태어났다고 적혀 있었다. 시바견은 천연기념물이라고 한다. 히로시마에서 태어났다고 하면…… 구레시吳市의 전함 야마토히로시마현 구레시에서 야마토 전함을 건조했고, 지금도 야마토 박물관에는 이와 관련된 것들이 전시되어 있다, 더구나 내가 너무도 좋아하는 신센구미의 국장 곤도 이사미가 개명한 이름도 오쿠보 야마토大久保大和였다. 음음, 역시 야마토란 이름이 딱이다.

이미 어느 정도 자랐기 때문에 강아지용 케이지에는 들어가지 않아 수건으로 감싸 안고 돌아왔다. 얼굴만 내놓은 야마토는 눈을 빙글빙글 돌리며 어지럽게 변하는 풍경을 이상한 듯 바라보고 있었다.

"자, 여기가 오늘부터 야마토 집이야"

울타리 펜스를 조립하고 안에 넣어줘도 야마토는 여전히 멀뚱거리고만 있었다. 의외로 점잖아 보여 안심되었다.

시바견 야마토와의 생활이 시작되었다. 내가 집으로 돌아왔을 때 혹은 택배라든가 누군가 집에 찾아왔을 때만 좀 짖는 정도이고 그 외에는 짖지 않는 개였다(그것도 차츰 고쳐나가고 싶지만). 어느 날 택배가 왔을 때, 어김없이 짖으며 현관으로 달려온 야마토를 보고 택배 청년은 "아직 아기네요. 귀여운데요!"라고 했지만, 내가 "어허! 야마토!" 하자 청년은 놀라 눈이 커졌다. 야마토. 택배 회사의 이름도 야마토였다. 말하는 순간 아차 싶어 "이 개 이름이 야마토예요. 죄송해요!"라고 사과하자 청년은 웃었다.

금세 '앉아! 손!'을 배운 야마토는 대단한 연기파 개다. 싫은 일이 있으면 호들갑스럽게 "깨갱" 하며 우는 시늉을 한다. 입이나 발을 만지는 것이 익숙해지도록 어렸을 때부터 여기저기 만져주라고 해서 그렇게 했지만, 발 만지는 것을 싫어하는지 발에 손이 닿기 전부터 "깽" 하고 울어서 거짓이라는 게 드러난다. 우는 소리에 만지기를 멈추면 '오케이. 싫어하면 멈추는구나'라고 생각할 수 있어서 야마토의 연기에 상관하지 않고 만진다. 살짝 물어서 "아얏! 이노옴!" 하며 잡으려고 하면 아직 손이 닿지도 않았는데 뒹굴며 "깨갱 깨갱" 운다. 소파에서 힘차게 뛰어내리다 바닥에라도 부딪히면, 정말 아프면 만져주길 원하지 않을 텐데, '봐봐, 아프다니까'라고 하듯 앞발을 내밀 때도 있다. '원래 시바견은 자기표현이 강합니다'라는 설명은 들었지만, 대단한 연기력에 나도 모르게 웃어버리고 만다.

집으로 와서 한 달 정도는 함께 잤다. 폭신폭신하고 따뜻한 데다가 나에게 딱 붙어서 자는 야마토가 내게는 큰 위안이 되었다. 하지만 야마토는 내가 잠들면 조용히 자신의 집으로 돌아간다. 생후 5개월 된 강아지가 재워주는 나는 스물다섯 살이다.

야마토의 체중은 금세 8킬로그램을 넘어 한 손으로는 들어올릴 수 없게 되었고, 영구치도 멋지게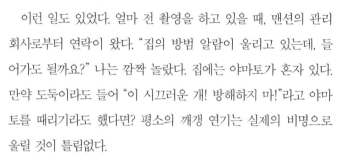
났다. 몸 크기에 비례해 체력이나 스피드
도 눈에 띄게 늘고, 못된 장난의 수준
역시 올라갔다. 울타리를 몇 번이나 빠져
나와, 좀더 견고하게 고정하려는 나의 지혜
와 견주는 나날이었다.

이런 일도 있었다. 얼마 전 촬영을 하고 있을 때, 맨션의 관리
회사로부터 연락이 왔다. "집의 방범 알람이 울리고 있는데, 들
어가도 될까요?" 나는 깜짝 놀랐다. 집에는 야마토가 혼자 있다.
만약 도둑이라도 들어 "이 시끄러운 개! 방해하지 마!"라고 야마
토를 때리기라도 했다면? 평소의 깨갱 연기는 실제의 비명으로
울릴 것이 틀림없다.

"죄송한데 부탁드려요."

촬영 중에는 전화를 받을 수 없어 가슴 졸이며 연락을 기다
렸다. 잠시 뒤 다시 전화가 울려 허둥대며 통화 버튼을 눌렀다.

"저, 강아지가요, 울타리를 나오는 바람에 공간 센서에 걸린
모양이에요. 다시 펜스 안으로 들여보냈습니다."

허리에 힘이 풀려 주저앉고 말았다. 탈옥범은 야마토였던 것
이다.

그 후 집에 돌아가 엉망이 된 방을 보며, 나는 어디론가 사라
지고 싶었다. 방을 어질러놓은 주범은 사실 야마토가 아니라 나
였다. 바쁘다는 핑계로 물건을 어지르면 안 된다. 언제 누가 들어
와도 창피하지 않도록 살자고 맹세했다……

다음 휴일에 정리하자!

강아지들은 대략 6개월부터 반항기에 들어간다고 한다. 그래서인지 일부러 내 반응을 시험해보는 듯한 장난도 늘었다. 다행히도 야마토는 가구를 물지 않지만, 침착하지 못한 건 여전하다. 이제는 같이 자려 해도 침대에 오지 않는다.

체력과 못된 장난이 늘어가는 장난꾸러기 초등학생 남자아이 같은 야마토는 가끔 응석도 부린다. 책상에 앉아 원고를 쓰고 있으면 발 옆에 살짝 붙어 앉거나, 텔레비전을 보고 있으면 자신의 머리를 부딪치며 장난을 치기도 한다. 장난감을 갖고 놀 때도 일부러 나와 부딪치면서 논다.

촬영 현장에서 만난 애견 조련사는 "시바견과 래브라도는 완전히 개성이 다르니 래브라도는 추억으로 간직하세요"라고 했다. 대형 양치기 개와는 성격도 습성도 완전히 다르다고 했다. 잡지의 애견 특집에서 보면 견종에 따라 DNA가 큰 차이가 나는데, 시바견은 늑대 성향이 상당히 두드러진다고 한다. 그러니 '왜 몰라주는 거니?' 하는 생각 자체가 애당초 틀린 것이다. 완전히 새롭게 다가가야 한다.

야마토. 네가 온 후 내 일상은 소란해졌지만 즐거워졌어. 내게로 와줘서 고마워!

그리고 야마토. 장난감 외에는 물면 안 돼. 현관에서 일부러 신발을 방 중앙으로 하나씩 하나씩 옮겨놓는 것도 안 돼. 슬리퍼도 양말도 마찬가지야. 못된 장난을 치고 싶어 근질근질하게

만드는 원인을 제공한 나도 잘못했지만, 우리 사이좋게 잘 지내
자. 앞으로도 잘 부탁해.

후기

이 책은 나의 첫 책이다.

평소에는 그저 책을 읽는 것만 즐겼기 때문에 한 권의 책을 만들기 위해 얼마나 많은 노력이 필요한지 생각해본 적도 없다. 퇴고, 장정, 레이아웃, 많은 분이 '흠흠'을 책으로 만들어내기 위해 힘을 실어주셨다. 나의 글들은 아직 서툴지만 그래도 한 권의 책이라는 형태로 나오니 기쁘기 그지없다.

『안의 흠흠』은 지금까지 내가 경험한 '만남'에 대한 책이다. 연재 초기에는 과연 만남이라는 주제로 매달 원고지 10매에 가까운 분량을 써낼 수 있을까 불안하기도 했다. 하지만 만남에 대해 생각하고, 독자들이 읽을 수 있도록 형태를 잡아가면서 그 만남들은 한층 더 빛을 발하게 된 듯하다. 무엇보다 26편의 이야기를 쭉 늘어놓으니 지금까지 내가 얼마나 큰 축복을 받았는지 알 수 있었다.

웹 치크마에서 2009년부터 2011년에 걸쳐 연재했다. 연재 3년은 나에게 많은 변화가 찾아온 시기이기도 했다. 특히 배우로서 처음으로 드라마에 출연하고, 본격적으로 드라마와 영화에 출연하게 된 것 모두 2009년이었다. 2012년에는 1년간의 활동을 인정받아 염원의 엘란도르일본 영화 텔레비전 프로듀서협회가 선정하는 영화, 텔레비전 프로그램, 배우, 방송 프로듀서에게 주는 상 신인상을 받았다. 과거를 돌아보며 쓴 에피소드도 있지만, 대부분은 최근 3년 동안의 만남이다.

최근 3년…… 왠지 모르지만 바빴다! 스스로도 열심히 했다고 생각한다. 이제부터 더 바쁘고 힘든 시기가 찾아오겠지만, 어쨌든 많은 경험을 할 수 있어서 다행이다. 그렇게 충실했던 시기를 문장으로 표현할 수 있는 기회를 얻었다는 것, 이 또한 '그런 기회와의 만남'으로 축복받은 것이리라.

이 책에서 소개한 많은 분, 등장해주셔서 감사합니다. 물론 글로 쓰지 못한 만남도 많다. 그런 모든 만남이 지금의 나를 지탱해주고 있다. 감사합니다.

그리고 지금, 이 책을 읽고 있는 당신과의 만남 또한 진심으로 깊이 감사드립니다.

2012년 봄

안

'친애하는 베라님'이 웹에 게재된 것은 2011년 겨울. 드라마 「요괴인간 벰」이 종영된 지 얼마 안 된 때였다. 사실은 그때 속편으로 영화 제작이 거의 결정되었지만, 에세이에서는 아직 그 사실을 밝히지 않았다. "그런 멋진 기획이 있으면 좋겠지만요"라며 아쉬워하는 척했지만, 사실 그런 멋진 기획은 진작 있었던 것이다. 이처럼 예정은 되어 있어도 공식적으로는 밝힐 수 없는 일들이 종종 있다. 일부러 숨기는 것은 아니니 이해해주셨으면 한다. 그리고 이듬해인 2012년, 영화 「요괴인간 벰」은 여름에 촬영하여 그해 겨울에 개봉했다. 영화, 그것도 CG 작업을 많이 하는 작품으로서는 이례적인 속도였다.

같은 시기, 모교인 초등학교에서 수업 의뢰가 왔다.

'선배님, 어서 오세요'라는 이벤트로, 다양한 직업군에서 활동하는 졸업생들이 장래를 꿈꾸는 초등학교 후배들에게 수업을 하는 것이다. 파티셰, 의사, 변호사, IT 관련 종사자…… '선배'들의 직업은 다양했다. 그 직업 리스트에 내가 '배우'로 참가하게 된 것이다.

내가 아이들에게 가르쳐줄 만한 게 도대체 뭐가 있을까? 진지한 것을 진지하게 전달하면 요즘처럼 어른스러운 아이들은 '에-이-' 하고 말 것이다. 무엇보다 중요한 것은 아이들이 즐길 수 있어야 한다는 것이다! 특히 내 직업은 엔터테인먼트를 통해 전달되어야만 한다.

수업은 2학기 말 겨울방학 전. 영화 「요괴인간 벰」이 상영되기 직전이었다. 자화자찬이지만 당시 「요괴인간 벰」은 초등학생들 사이에서 상당히 인기 있었다. 긍정적으로 말하자면 드라마를 보지 않았더라도 대부분의 어린이가 '요괴인간'이라든가 '베라'라는 캐릭터 정도는 알고 있었을 것이다.

내가 생각해낸 것은 단 하나. 베라가 되어 수업을 하는 것이다.

베라가 되기 위해선 의상이나 메이크업도 준비해야 한다. 영화 제작 스태프들에게 상의하니 흔쾌히 응해주었다.

그런데 베라라면 어떤 것을 전달할까? 나는 컴퓨터 앞에 앉아 '베라의 수업' 대본을 만들기 시작했다.

영원의 시간을 살아가는 요괴인간이 한정된 시간을 살고 있는 '인간'에게 전하고 싶은 메시지. 어떤 일을 하든, 어떤 어른으로 성장하든 누구나 기억했으면 하는 것. 스스로도 놀랄 정도로 대본이 술술 풀렸다. 「완두콩 선생님」 편에서 소개한 것처럼, 내 모교에는 6년간 365일을 하루도 빠지지 않고 일기를 써야 하는 규정이 있다. 학생들이 현재진행형으로 쓰고 있는 일기 습관도 고려하여 '지금이라는 시간을 좀더 생각해보며 지내는 것'에 대해 써보았다. 대본 중에는 영화 개봉일도 장난처럼 밝히고 있지만 그건 베라의 애교다. 어렵게 얻은 기회인 만큼 여기에 베라의 수업 대본을 소개한다.

*　　*　　*

너희, 나를 알고 있니?

나는 베라라고 하는 어디에나 있는 평범한 요괴인간이란다.

모르는 아이들도 있는 것 같네.

어쩔 수 없지. 간단하게 알려줄게.

옛날, 어둡고 소리도 없는 세계에서 세포 하나가 분열해 세 가지 생물이 태어났단다. 그 세 가지 생물 중 하나가 나야.

나머지는 벰, 베로라는 남자들이지.

우리는 셋이서 끝없는 여행을 해왔어.

왜냐고……?

우리는 나이도 들지 않고 죽지도 않거든.

부럽니?

하지만 말이야. 우리는 흥분을 하면 괴물의 모습으로 바뀌어버린단다.

아니 아니. 오늘은 변신하지 않을 거니까 안심해도 돼.

우리는 어려움을 겪는 사람들을 보면 그냥 지나칠 수가 없어.

힘들게 도와줘도 보기 흉한 모습 때문에 인간들은 우리를 무서워하고 싫어하고…… 정말 견딜 수가 없단다.

하지만 말이야…… 우리는 계속 인간이 되고 싶었어.

사실 인간이란 건 정말 귀찮은 생물이야. 얽매이기만 하잖니? 회사의 규칙, 학교의 교칙, 가족, 친구……

귀찮은 일뿐인데도 너희 인간들은 울기도 잘하고 화도 잘 내고, 그런데 마지막에는 웃지.

이상하지 않아? 그렇지만 말이야. 우리는 그런 인간이 너무 좋단다.

오늘은 너희가 자신의 장래를 생각해보는 일에 도움이 될까 싶어 여기 왔지.

응? 어차피 영화 홍보일 거라고? 뭐라는 거니? 그럴 리 없잖아.

12월 15일부터 전국 개봉이니까 다들 보러 와달라든가, 그런 거 솔직히 얘기하고 싶기도 하지만, 여기 온 제일 중요한 이유는 너희의 미래를 함께 생각해보기 위해서야.

12월 15일은 제쳐두고! 12월 15일이야. 모두 기억했지?!

그건 그렇고. 다들 되고 싶은 건 찾았니?

손 들어봐.

……못 찾은 애들도 있구나.

그래도 괜찮아, 지금은.

하지만 계속 그 상태면 곤란해.

우리는 인간이 순식간에 나이 먹는 걸 봐왔거든.

그런 일은 없다고, 너희는 고개를 흔들지도 모르겠다.

그럼 주변 어른들한테 한번 물어봐.

'아저씨는 아줌마는, 언제부터 지금의 당신이었나요?'라고.

답은 나이에 관계없이 똑같을걸.

그렇잖아. 너희도 생각해보면 어느샌가 지금 나이가 돼버렸지?

그게 어느샌가 스무 살, 어느샌가 쉰 살.

시간은 누구에게나 공평한 거야.

그런 너희가 가까운 미래에 꿈이나 희망을 발견하려면 어떻게 하면 좋을까?

찾는다고 그렇게 쉽게 찾아지는 게 아니란다.

그렇지만 말이야. 지금처럼 아무런 발견이 없는 심심한 순간들을 조금 재미있게 만드는 마법을 가르쳐줄까?

'이거면 돼'가 아니라 '이게 좋아'여야 돼.

차이를 알겠니?

잘 들어봐. 너희는 선택할 수 있어.

돈 같은 거 없어도 돼.

가벼운 마음으로 주변의 작은 것들부터 선택해보렴.

계단은 어느 쪽 발부터 올라갈까? 급식 반찬은 어느 것부터 먹을까?

그런 사소한 거라도 괜찮아.

어떤 책을 읽을까? 아이스크림을 먹을 때 바닐라 맛으로 할까? 초콜릿 맛으로 할까?

생각만 해도 돼.

중요한 것은 선택할 때 '이거면 돼'가 아니라 '이게 좋아'라고 생각하는 거지.

'이게 좋아'라고 선택했을 때는 나중에 실패하더라도, 그 순간 자신이 그렇게 생각했으니 어쩔 수 없다고, 다시 앞으로 나아갈 수 있거든.

그런데 '이거면 돼'라고 선택했을 때는 자칫하면 남의 탓으로 돌려버릴 수 있어.

누군가나 무언가의 탓으로 돌리는 건 별로지 않니?

적어도 나는 그러고 싶지 않아.

그리고 또 한 가지. 이것까지 더하면 훨씬 멋지지.

왜 '이게 좋아'라고 생각했는지 그 이유를 생각하는 거야.

우선 여러 가지가 있다면 '그중에 뭐가 제일 좋은가'를 생각해봐. 그리고 '어떤 점이 좋은지'를 생각해보렴.

지하철이나 버스 광고 중에서도, 교과서 사진 중에서도, 만화의 페이지 중에서라도 괜찮아.

너희는 먼저 '고르기'라는 놀이를 해보는 거야.

분명 많은 걸 발견하게 될 거야.

작은 선택을 할 수 있는 친구는 어떤 일이 생겼을 때 큰 선택도 분명 할 수 있거든.

맞다. 이 학교에서는 매일의 발견을 일기로 쓴다며?

그거 잘됐네.

영화 「요괴인간 벰」에도 초등학생이 쓴 일기가 나와.

이건 중요한 얘기는 아니지만, 12월 15일부터 개봉하는 영화에 나오는데, 그 점에도 주목해주면 좋겠다.

일기 쓰는 거 귀찮다고 생각하는 날도 있지?

하지만 너희가 지내는 하루하루가 어른이 되면 어떤 것과도 바꿀 수 없는 소중한 하루가 되는 것 같더라.

재미있는 이야기지만, 어린 시절 보낸 시간은 어른이 되면 믿을 수 없을 정도로 기억이 안 난다고 하더라고.

즐거웠던 일, 재미있다고 생각한 것들을 일기에 써놓지 않으면 어디론가 사라져버릴지도 몰라. 없었던 일처럼 되어버릴지도 모른다는 말이지. 좀 무섭지 않니?

그러니까 간직하고 싶은 것들은 무엇이든 적어두는 게 좋아.

어른이 되어 되돌아볼 수 있는 그야말로 훌륭한 재산이 되지 않겠니?

아, 그리고 오늘 나를 만난 것도 괜찮다면 써주지 않을래?

누군가의 기억에 남는다는 것. 그게 우리에게는 가장 소중한 보물이거든.

베라의 수업은 여기까지야. 오늘 다들 고마워!

*　　　*　　　*

　베라의 분장으로 등장하니 아이들은 와! 함성을 지르며 반겨
줬다. 도대체 요괴인간은 무슨 이야기를 할까 궁금해하며 몸을
앞으로 내밀고 내 얘기를 들어줬다.

　정체가 드러나지 않도록 완벽한 베라가 되어야 한다고 계속
되뇌며 마이크를 잡았다. 손을 들어보라고 하면 놀랄 정도로 솔
직하게 손도 들어주고 웃어주었다.

　베라의 수업은 끝났다.

　박수갈채를 받으며 나는 아이들에게 베라답게 무표정으로 인
사했다. 순간 몸이 얼어붙었다. 뒤쪽에서 한 손으로 마이크를 쥐
고 천천히 이쪽으로 걸어오는, 옛날 담임선생님이셨던 완두콩
선생님의 모습이 보였다.

　수업은 2부로 구성되어 있었고, 이제부터 나는 베라의 모습으
로 단상에 올라 완두콩 선생님과 대화를 나누는 시간을 가져야
했다.

　내 어린 시절을 알고 계신 선생님들, 함께 자라고 모교에서 교
직에 몸담고 있는 동창생들도 아이들 뒤에서 베라의 수업을 보
고 있었다. 그것만으로도 심장이 벌떡였는데, 완두콩 선생님과
리얼 토크쇼까지 해야 하다니!

　한순간이라도 '창피하다'고 생각하면 캐릭터가 무너진다.

더구나 "안은 말이죠. 소풍 때 돗자리를 망토처럼 두르고 '가면 라이더!'라고 외치며 언덕길을 뛰어내려 왔지요"라는 좀 이상한 에피소드까지 폭로되고 말았다. 너무 창피하다. 선생님과 담화를 하며 나는 '아아, 네……' 완전한 안으로 돌아오고 말았다.

토크쇼에서 어떤 이야기를 했는지 거의 기억나지 않지만, 아이들도 왠지 '흠흠' 하며 들어준 것 같다.

문고판 후기

‘흠흠’이 문고판을 내게 되었다.

　연재 당시, 과거의 추억과 그때그때 하고 있었던 일에 대해 쓴 것이었는데, 또다시 시간이 흘러 지금은 모든 일이 추억이 되었다. 되돌아보면 충실한 하루하루였고, 그것들을 한 편씩 에세이로 정리하는 작업은 나에게도 대단히 소중한 경험이었다. 에세이가 단행본이라는 모습을 갖추었을 때부터 문고판 후기를 쓰고 있는 현재까지 2년이라는 시간이 흐르고 있다. 그때부터 여러 배역을 맡아 연기했고, 시바견 야마토도 엄청 자랐다. 공적으로 사적으로 ‘흠흠’ 하며 느낀 많은 점, 경험한 일, 만남이 있었다. 언젠가 또 그런 일들을 정리할 수 있다면 좋겠지만, 그런 일들은 다음 기회로 미뤄두고 이번에는 이 책에 나온 내용으로 후일담을 썼다. 베라와 완두콩 선생님. 따로 떨어진 두 경험이 한자리에서 만났다.

에세이는 한 편의 이야기인 것 같다. 실제 경험한 것을 누구나 알기 쉽도록 기승전결이 있는 이야기로 정리할 때, 객관성을 중시하고 싶어서 등장인물의 이름은 기본적으로 가타카나로 표기했다. 물론 모두가 실존 인물이지만, 이 책에서는 '안의 필터filter' 같은 것을 통과시켜 객관적으로 봐주길 바랐다. 문고판을 내면서 등장인물을 정리해보았다. 이 책에 소개된 책들도 정리했다. 문고판 작업은 내게 여러 의미로 정리 작업과 같았다. 고작 에세이 한권 출간하면서 웬 호들갑이냐고 할 수도 있지만, 이렇게 하는 것으로 '안의 흠흠'은 하나의 종착점에 다다랐다고 생각한다.

그리고 무라카미 하루키 선생님이 문고판 해설을 써주셨다. '거절하셔도 괜찮으니 부탁드립니다!'라는 편지를 드렸는데 흔쾌히 수락해주셨다. 흡족할 만한 물질적 답례는 안 되겠지만, 언젠가는 글러브와 볼을 가지고 하루키 선생님과 들판으로 나가고 싶다.

2014년 11월

안

이 책에 등장하는 인물들

가리야마ｶﾘﾔﾏ 씨 → 가리야마 슌스케狩山俊輔

연출가. 드라마 「사무라이 하이스쿨」에서 함께했다. 별명은 '가리'. 조감독 시절에는 엑스트라에게 개성적인 연기를 시켜서 '가리야마 극단'이라고도 불렸다는 소문이 있다.(「친애하는 베라님」)

가메나시ｶﾒﾅｼ 씨 → 가메나시 가즈야龜梨和也

가수, 배우. 캇툰KAT-TUN의 멤버. 「요괴인간 벰」에서는 액션 담당. 지팡이를 이용한 난투 장면과 와이어 액션이 특기. '테이프를 빨리 돌렸을 때의 음성' 모사가 뛰어나다.(「친애하는 베라님」)

가와노ｶﾜﾉ 씨 → 가와노 히데히로河野英裕

프로듀서. 진을 기본으로 한 미국 캐주얼 스타일, 가벼운 파마에 안경이 특징. 개성 있는 외모지만 '계속 도전하고 싶다'고 말하는 눈 속에는 불꽃이 타오르고 있다.(「친애하는 베라님」)

데쓰코ﾃっこ 선생님 → 구로야나기 데쓰코黒柳徹子

배우. 데쓰코 선생님의 활동은 텔레비전 역사 그 자체. 장수 프로그램 「데쓰코의 방」 진행자. 저서로는 『창가의 토토窓ぎわのﾄっﾄちゃん』가 있으며, 유니세프

활동도 하고 있다. 굉장히 건강하며 대식가다. 시바견 야마토가 강아지였던 시절 '데려와봐!'라고 해서서 함께 「데쓰코의 방」에 출연했다. 야마토는 점잖게 데쓰코 선생님에게 안겨 있었다.(「데쓰코 선생님」)

사카이サカイ 교수 → 사카이 마사토堺雅人
언제나 웃고 있지만, 가끔 말에 뼈가 있다. 최고의 연기자. 언젠가는 긴 대사도 술술 막힘없이 처리하는 기술을 배우고 싶다. 사적으로 역사를 논하는 카오스적인 모임을 할 때도 있다.(「사카이 교수는 대단해」)

스즈카쓰スズカツ 씨 → 스즈키 가쓰히데鈴木勝秀
연출가. 과묵하고, 첫인상은 좀 무서워 보이지만 굉장히 친절하다. 평소에는 대화 중심의 연극을 연출. 뮤지컬은 「팬텀」이 첫 작품으로 종래의 뮤지컬과는 다르게 연출했다는 평을 받는다.(「오페라의 유령」 상, 하)

오사와オオサワ 씨 → 오사와 다카오大澤たかお
배우. 엄격한 연기로 파고드는 반면, 음식은 꿋꿋하게 불고기와 자라를 좋아한다. 내가 감기 기운이 있을 때 자라 수프를 보온병에 넣어 연습 장소로 가져다주었다. 친한 사람들은 심야에 불고기 먹는 자리에 자주 끼다보니 포동포동해졌다고 한다.(「오페라의 유령」 하)

후쿠フク → 스즈키 후쿠鈴木福
배우. 성인에게 지지 않는 연기력과 체력. 언제나 방긋방긋 활발하지만 '보통의 남자아이스러움'도 여럿 갖고 있어서 너무 귀엽다. 라디오 프로그램의 게스트로 출연했을 때 일곱 살인데도 프리토크를 완벽하게 해줬다. 생일에는 '축하해!'라며 멋지게 메일을 보내주기도 한다.(「친애하는 베라님」)

이 책에 나오는 책들

『개구쟁이 해리Harry the dirty dog』(Gene Zion 글, Margaret Bloy Graham 그림, 와타나베 시게오わたなべしげお 옮김, 후쿠인칸서점福音館書店)

『거인의 별巨人の星』『신거인의 별新巨人の星』(가지와라 잇키梶原一騎 원작, 가와사키 노보루川崎のぼる 작화, 고단샤만화문고講談社漫畫文庫)

『경찰관의 피警官の血』(사사키 조佐々木讓, 신초문고新潮文庫)

『나는 보쿠스이! 가인에게 배우는 '마로비'의 미학ぼく、牧水！歌人に學ぶまろびの美學』(이토 가즈히코伊藤一彦·사카이 마사토堺雅人, 가도카와 원 테마 21角川oneテーマ21)

『노부나가의 관信長の棺』(가토 히로시加藤寬, 분슌문고)

『데시데리오デジデリオ』(모리시타 노리코森下典子, 슈에이샤문고集英社文庫)

『덴쇼인 아쓰히메天璋院篤姫』(미야오 도미코宮尾登美子, 고단샤문고講談社文庫)

『도서관 전쟁圖書館戰爭』(도서관 전쟁 시리즈 1, 아리카와 히로有川浩, 가도카와문고角川文庫)

『마의 산魔の山』(토마스 만 지음, 다카하시 요시타카高橋義孝 옮김, 신초문고)

『무사의 딸武士の娘』(스기모토 에쓰코杉本鉞子, 오이와 미요大巖美代 옮김, 지쿠마문고ちくま文庫)

『문·사타이 마사토文·堺雅人』(사카이 마사토堺雅人, 분슌문고文春文庫)

『바람의 빛風光る』(와타나베 다에코渡邊多惠子, 소학관小學館)

『바람의 빛 교토』(Q-DESIGN 편집, 와타나베 다에코 그림, 소학관)

『100만 번 산 고양이100万回生きたねこ』(사노 요코佐野洋子, 고단샤講談社)

『불과를 얻지 못해佛果を得ず』(미우라 시온三浦しをん, 후타바문고雙葉文庫)

『심야특급深夜特急』(사와키 고타로澤木耕太郎, 신초문고)

『야구광의 시野球狂の詩』(미즈시마 신지水島新司, 고단샤만화문고)

『여기는 잘나가는 파출소こちら葛飾區龜有公園前派出所』(아키모토 오사무秋本治, 슈에이샤점프코믹集英社ジャンプコミックス)

『역사의 그늘에 고메 있다歷史のかげにグルメあり』(구로이와 히사코黑巖比佐子, 분슌문고)

『의외로 모른다! 이렇게 엄청난 ‘일본의 성’意外と知らない! こんなにすごい‘日本の城’』(미우라 마사유키三浦正幸, 지쓰교노일본사實業之日本社)

『전생으로의 모험前世への冒險』(모리시타 노리코, 고분샤지에노모리문고光文社知惠の森文庫)

흠흠 느낌

무라카미 하루키

얼마 전 아오야마 길거리에서 신호를 기다리다가, 옆에 서 있던 초등학교 3학년 정도 된 남자아이 둘이서 하는 이야기를 들었다.

남자아이 1 _ 있잖아, 너 그거 알아? 전쟁 때 도쿠가와 이에야스가 타던 말이 화살에 맞아 쓰러져 죽어가고 있었는데, 이에야스는 말이 죽을 때까지 옆에서 계속 그 말을 지켜줬대.

남자아이 2 _ 뭐? 옆에서 뭘 하고 있었는데?

남자아이 1 _ 그러니까, 말을 응원하고 있었지. 힘내라든가, 죽지 말라든가, 잘해왔다든가, 말을 계속 걸어줬대.

남자아이 2 _ 말이 죽을 때까지?

남자아이 1 _ 그렇다니까. 죽을 때까지 끊임없이.

남자아이 2 _ 그래서? 그동안 전쟁은 어떻게 됐는데?

남자아이 1 _ 그러니까, 그건 말이지……

바로 그때 신호가 바뀌어 사람들이 움직이기 시작했고, 뒷부분을 듣지 못한 채 이야기는 끝나고 말았다. 너무 아쉬웠다. 이에야스가 죽어가는 말을 응원하는 동안 전쟁은 도대체 어떻게 되었을까?

그 순간 문득 '아, 그렇구나. 이런 게 흠흠이라는 거구나!'라는 생각이 들었다. 호기심에 이끌려 나도 모르는 사이 열심히 귀를 기울이게 되는 것.

『안의 흠흠』은 제법 멋진 제목인 것 같다. 안이 (아마도) 건전한 호기심에 이끌려 사뭇 진지한 얼굴로 누군가의 이야기에 '흠흠' 하며 귀를 기울이는 모습이, 제목만 봐도 생생하게 그려진다. 누가 붙인 것인지는 모르겠지만 책 내용에도 딱 들어맞는 굉장히 멋진 제목이다.

어쩌다 보니 같이 아는 지인이 있어서 지금껏 안을 여기저기서 몇 차례 만난 적이 있다. 나는 야구 중계를 제외하고는—여러 가지로 바쁘다 보니—거의 텔레비전을 보지 않고, 물론 모델 세계의 일은 아무것도 모르기 때문에 안이 어떤 사람인지, 처음에는 아무런 정보도 없었다. 절대 말수가 적은 건 아닌 것 같은데, 나와 만났을 때는 말하기보다는 귀 기울이기에 더 바빴을지도 모르겠다. 나도 사람들의 이야기를 듣는 걸 좋아하기 때문에

'흠흠' 하는 느낌은 왠지 이해할 수 있다.

이렇다 할 만큼 자주 만난 건 아니기 때문에 사람들 앞에서 이런 식으로 단언하는 게 어떨지 모르겠지만, 내가 느낀 바를 솔직하게 말하자면, 안은 그저 '지극히 평범한 아가씨'로 보인다. 유명한 모델이라든가 배우라든가 하는 분위기는 적어도 나와 만나고 있을 때는 거의 풍기지 않는다. 그래서 나도 모르게 그녀를 보통의 (평범한) 아가씨로 대하고 만다. 미안합니다.

나는 지금까지 몇몇 여성 배우를 만난 적이 있는데, 대부분이 정도야 어떻든 몸에서 아우라 같은 것을 풍겼다. 그걸 반짝거리며 나타내는 사람도 있고, 서서히 드러내는 사람도 있다. 아마도 그런 것이 없다면 배우라는 직업은 소화할 수 없을 것이다. 하지만 안에게서는 그런 것을 별로랄까, 전혀 느낄 수가 없다. 어쩌면 신체 어딘가에 아우라 스위치 같은 것이 있어서, 장소에 따라 그 스위치를 딸깍딸깍 켰다 껐다 하는지도 모르겠다. 직업적으로 그에 맞게 행동해야 할 때는 정확히 스위치를 켜야지…… 하는 식으로. 그렇다면 근사한 일이겠지. 그런 게 가능한 사람은 아마 그리 많지 않을 테니까.

몇 년 전에 우연히 파리 한복판에서 그녀를 마주친 적이 있었다. "어, 웬일이야?"라고 물어보니 "이탈리아에서 모델 일이 있었는데, 그게 좀 전에 막 끝나서 배낭 하나 메고 혼자 파리까지 느긋하게 여행하러 왔어요"란다. 보통이라면 "젊은 아가씨 혼자서 외국 여행을 하다니, 힘들지 않아? 괜찮았어?"라고 물어봄 직하지만 안에게는 "아, 그거 잘됐네" 정도로 이야기가 정리돼버렸다.

이 사람 주변에는 언제나 그런 자연스러운 분위기가 감돈다. '자연아'라고 하면 왠지 늑대 소녀 같고, '자연딸' 정도랄까?

이 책을 읽기 전에 나는 안이 어린 시절 리틀 리그에서 본격적으로 야구를 했다는 사실을 몰랐다. 사실 나는 얼마 전에 새로 글러브를 샀다. 야쿠르트 스왈로스의 팬인 나는 자주 메이지진구 구장에 가는데 어떻게든 파울볼이나 홈런볼을 잡고 싶어서 늘 이 글러브를 챙겨 간다. 하지만 최근에는 캐치볼을 같이 해줄 상대를 찾지 못해—모두 바쁘다—좀처럼 글러브가 손에 익숙해지지 않는다. 텔레비전에서 야구 중계를 보면서 혼자 쓸쓸히 글러브에 오일을 먹이고 있지만, 실제로 살아 있는 볼을 받지 못하는 글러브는 누가 뭐래도 고독하다. 캐치볼을 마지막으로 한 게 언제였지? 음, 생각이 안 난다. 글러브가 울고 있다.

그런 이유로 나는 이 책에서 「투수 탁탁 씨」 편을 꽤 흥미롭게 읽었다. 그렇지, 캐치볼은 역시 좋은 거야, 생각하면서.

안이 말하길, '어린 시절 번트를 하다 잘못해 지금도 새끼손가락이 구부러져 있다'고 한다. 그런 이야기를 듣고 있자면 굉장하다는 생각이 든다. 본인에게는 안타까운 이야기겠지만 왠지 멋지다. 나도 어린 시절 축구를 했고, 헤딩을 할 때 상대방 앞니에 코를 부딪쳐 아직도 코에 그 흔적이 남아 있다. 남자들끼리는 그런 '상처 자랑'을 하곤 하지만 안은 젊은 아가씨, 더구나 모델인데……

언젠가 한 번쯤 맑게 갠 오후의 넓은 들판에서 안과 둘이 캐치볼을 할 수 있다면 좋겠다. 어디에나 있는 지극히 평범한 아가

씨와 아무 데서나 만날 수 있는 지극히 평범한 아저씨로. '흠흠'
과 볼을 주고받으며.

안
의

흠
흠

초판인쇄   2021년 1월 29일
초판발행   2021년 2월 5일

지은이   안
옮긴이   김혜숙
펴낸이   강성민
편집장   이은혜
기획   노만수
편집   곽우정 박은아
마케팅   정민호 김도윤 최원석
홍보   김희숙 김상만 이소정 이미희 함유지 김현지 박지원

펴낸곳   (주)글항아리 | 출판등록 2009년 1월 19일 제406-2009-000002호

주소   10881 경기도 파주시 회동길 210
전자우편   bookpot@hanmail.net
전화번호   031-955-1936(편집부) 031-955-2696(마케팅)
팩스   031-955-2557

ISBN   978-89-6735-760-3 03830

www.geulhangari.com